「ヒュー……
あなたに逢いたい……」

メルトレーザ様が、
何故か笑い出した。
「……噂は、本当ですよ？」
メルトレーザ様が、ニタア、と
口の端を吊り上げた。
その瞬間……僕は、見てしまった。
彼女の口から覗く、牙のようなものを。

「……ふふ、ふ」

ヒューなら決して、
私のことを〝怪物〟などと
言わないし、呼ばせない。
そんな優しさに溢れた、
世界一素敵な御方。

僕は七度目の人生で、怪物姫を手に入れた

サンボン

ファンタジア文庫

3219

口絵・本文イラスト　生煮え

僕は七度目の人生で、怪物姫を手に入れた

サンボン
sammbon
ill. 生煮え

六度目の人生の末に

――僕は、生まれてから一度も、愛されることはなかった。

僕は、サウザンクレイン皇国の東部を治めるグレンヴィル侯爵家当主、ジェイコブ＝グレンヴィルの長男として生をうけた。

だが、母であるノーフォーク辺境伯令嬢、エイヴァ＝ノーフォークはまるで命と引き換えにするかのように、僕を産んですぐに他界した。

元々、父と母は互いの家の利益のための、ただの政略結婚に過ぎなかったため、母が死んでも涙一つ零《こぼ》さず、ただ母の亡骸《なきがら》と、その隣で泣きわめいている赤ん坊の僕を見下ろしていただけだったと、物心ついた頃に乳母《うば》から楽しそうに教えられた。

なので父は、役目は果たしたとばかりにヒル男爵家の令嬢、アンジェラ＝ヒルを後妻として娶《めと》った。

そして、僕が生まれてから半年も経《た》たないうちに、父と後妻との間に、弟であるルイスが生まれた。

つまりは、僕が母のお腹《なか》の中にいた頃から、父と義母《はは》は、そういう仲だったのだろう。

僕の時とは違い、父は弟の誕生を殊の外喜んだらしい。

さらにその二年後には妹のアンナも生まれ、父と義母と弟と妹で、絵に描いたような幸せな家庭を築いていた。

一方で僕はただ一人離れの屋敷へと追いやられ、乳母一人と数人のメイドだけがあてがわれ、寂しく暮らしていた。

そんな僕が父と会うことは年に一度、祖父であるノーフォーク辺境伯が訪ねてくる時だけだった。

とはいえ、その祖父にしても、いつも僕を一瞥《いちべつ》するだけで言葉を交わしたことなど一度もない。

だから、父と祖父が会う時に、僕はその場で人形のようにたたずんでいるだけだった。

後妻である義母も僕のことを毛嫌いしており、顔を見るたびに僕を罵倒する。

時には、躾《しつけ》と称して背中や足を鞭《むち》で打たれることもあった。

弟と妹は僕とは違い、そんな両親から一身にその愛を注がれ、幸せに、傲慢に、尊大に育っていった。

だから。

「兄さん、お父様が大切にしていた壺《つぼ》、割っちゃったんだ。代わりに謝っといてよ」

こんなことも、日常茶飯事だった。

なんでこの僕が、弟の身代わりを？　そう思いながらも、僕が選んだのは。

「うん……分かったよ、ルイス」

粉々に砕けた壺の破片を拾いながら、僕はニコリ、と微笑《ほほえ》んだ。

もちろん、義母も前妻の息子である僕が目障《めざわ》りで、疎《うと》ましいと考える気持ちも理解できる。

ルイスやアンナも、半分しか血が繋《つな》がっていない上に母親がそうなんだから、僕のことなんて邪魔で鬱陶しいと思っていることも分かってる。

そもそも政略結婚でしかなかった父上と母上なのだから、跡継ぎ候補である僕以外の男子であるルイスが生まれた今、僕は不要な存在でしかないことも承知している。

でも、それでも……。

……僕は、家族の一員になりたかったんだ。

僕が身代わりになることで、ひょっとしたら弟は僕のことを慕うようになってくれるかもしれない。

僕が割ったと知ったことで、ひょっとしたら『怪我《けが》はない？』と妹が心配してくれるかもしれない。

僕が庇《かば》ったことで、『えらいね、優しいね』って、父上と義母上が褒めてくれるかもしれない。

そんな夢物語よりもちっぽけであり得ない夢を見て、僕は今日も弟の身代わりを引き受けた。

待っていたのは、窓も何もない、薄暗くジメジメした納屋《なや》のようなところで一か月の幽閉という名の監禁だというのに。

それでも僕は、家族の一員として認めてほしかった。

だからいつも、僕は自分を高めるためのあらゆる努力をし続けた。

とはいえ、僕はルイスやアンナと違って、学問も、剣術も、礼儀作法も、一切習わせてはもらえなかった。

なので誰かの目を盗んでは書庫に忍び込んで本を読み漁《あさ》ったり、ルイスやアンナが家庭教師から勉強や剣術を習っているのを、隠れて眺めたりして、独学で学んだ。

無駄に時間だけはあり余っていたし、自分を高める時間は充分にあったから。

そうして自分を高め続けた、十四歳の夏。

僕は何故《なぜ》か侯爵家に仕える騎士団員の一人と、剣術で試合をすることになった。

だけど、僕が剣術を習っていないことは、この侯爵家にいる者なら誰もが知っていること。

それでもこのような試合を組まれたのは……どうやら義母は、僕が痛めつけられる姿を御所望らしい。

でも……ひょっとしたら、この僕が騎士を倒したら、父は認めてくれるかもしれない。

そう考え、全力で試合に挑んだ結果。

「ま、まいりました！」

地面にひれ伏し、負けを認める騎士。

それを僕は、期待に満ちた瞳で見下ろしていた。

はは……これで、父上も僕を見てくださいますよね！

そう思い、視線を父へと向けると。

……僕を見て、満足げに頷《うなず》いてくださったんだ！

嬉《うれ》しかった。

歓喜に震えた。

ああ……これで僕は、家族の一員になれるんだ。

その後、僕は剣術の才能を認められ、すぐに壮年の男に預けられた。

そして、徹底的に技術を叩《たた》き込まれた。

血を吐こうが、わめこうが、手加減は一切なく鍛えられ……僕は、暗殺者になった。

それからは、侯爵家の敵となる者をことごとく殺していった。

それこそ、老若男女《ろうにゃくなんにょ》身分を問わず、徹底的に。

でも、そのたびに僕は嬉しかった。

だって、人殺しをしている時は、僕は家族の一員なのだと実感できたから。

そうやって暗殺を続けた結果、サウザンクレイン皇国の実権を握った父は……この僕を、

一連の貴族殺害事件の犯人として、処刑した。

――それが、一度目の人生だった。

◇

一度目の人生を終えた後、目を覚ました時は騎士との試合の前日の朝、ベッドの上だった。

その時は状況が分からず混乱したけど、鏡に映る自分の幼さを残した顔と背格好で、ようやく自分が過去に戻ったことを悟った。

なので、一度目の人生での失敗を踏まえ、僕は騎士にわざと敗れた。

もちろん、一度目の人生で身につけた暗殺技術は健在で、この騎士を殺そうと思えばいつでも殺せた。

でも……そんなことをしてしまったら、僕は永遠に家族として認められない。

なので、急所を外しながら騎士の攻撃を受け続け、降参した。

それを見て満足したのか、義母は口の端を吊《つ》り上げながら笑顔で席を立つ。

はは……義母上も、これで少しは僕を見てくれるかな……。

それからは、僕は剣術ではなく学問で身を立てることにした。

これなら、剣術に強い僕を疎ましく思ったりはしないだろうから。

なので、その後も独学で勉強を続け、歴史、経営学、法学、果ては帝王学まで、少なくとも侯爵家にある書物はほぼ諳《そらん》じて話すことができるようになった。

あとは、これをどうやって父上に認めてもらうかだけど、それについては弟を補佐するという体を取ることにした。

そのためにまずは弟に近づき、通っている皇立学院で出された課題を僕がこなすことで信用を得ることにした。

その結果。

「はは！　兄さんのおかげで課題は最高評価だったよ！」

「そうか……それは良かったよ」

うん……どうやら弟は、僕のことを兄として認めてくれたみたいだ。

その証拠に、それ以降は課題を含めた学院での全てについて、僕に頼るようになったんだから。

もちろん、試験などについては替え玉として僕が受けて。

こんなところでも、一度目の人生で身につけた暗殺のための変装術が役に立った。

そんなことを続けていると、弟は学院に通うことすら僕に任せるようになった。

弟の信頼を得たということも嬉しかったが、何より、弟としての学院生活はすごく楽しかった。

好きなだけ勉強ができて、こんな僕にも友達と呼べるような人ができて……。

でも……それは、全て弟の人生で……。

そんな生活に疑問を持ちながらも、僕は弟の替え玉としての生活を続ける。

そして……いよいよ学院を卒業する、僕と弟が十八歳を迎えた時。

僕は、弟のルイスに毒殺された。

——それが、二度目の人生だった。

◇

三度目は、十九歳の時に義母に離れの屋敷ごと火をかけられて死んだ。

四度目は、十七歳の時に妹のわがままで父が違法に買ってきた魔獣の遊び相手にされ、噛《か》みちぎられて死んだ。

五度目は、十六歳の時に弟と間違えられて暗殺された。

そして……六度目の人生。

「……ヒューゴ、貴様は国家転覆罪の罪により、明日の正午、処刑されることとなった」

僕は、皇国でも一級犯罪者のみが収容されている施設の最も深い地下にある牢《ろう》の中で、目の前の父から死刑宣告を受けた。

「だが、貴様は役立たずであるにもかかわらず、ルイス……ひいてはグレンヴィル侯爵家のためにその命を捧《ささ》げることができるのだ。光栄に思うのだな」

「…………………………」

今回の人生では、僕は何もしないことにした。

父のために、暗殺者となって人を殺すことも。

弟のために、替え玉としてその評価を高めることも。

義母《はは》のために、妹のために、祖父のために、家のために、国のために。

そういったことに一切かかわらず、ただ無為に過ごした結果。

僕の役目は、馬鹿な真似《まね》をした大馬鹿な弟の身代わりとして死ぬことだった。

「ハ、ハハ……」

「？　ヒューゴ？」

駄目だ……笑いがこみ上げてくる。

目の前の父と慕っていた男が現れた時、僕を救いに来てくれたのだと期待した自分に。

父が……最後のはなむけとして、この僕を家族と認めてくれるのだと期待した自分に。

ああ……僕は何を欲しがっていたのだろう。

そんなものを求めても、無駄なのに。

「アハハハッッッ！」

「……とうとう気でも狂《ふ》れたか」

気が狂れた？

ああ、そうだ。

僕はもう、壊れてしまったんだ。

もう……家族なんて、要らない。

だから。

「っ!?」

僕は、隠し持っていた暗器を、自分の胸に突き立てた。

「ハハ……ハ……次、は……絶対に……」

「…………………………」

無言で見つめる父だった男に、僕はニタア、と口の端を吊り上げた。

次は、絶対に。

オマエを……ルイスを……義母を……アンナを……グレンヴィル侯爵家を……全部、コワシテヤル。

――そして、僕は六度目の人生を終えた。

七度目の朝

「んう……」

目を開けると、そこには見慣れた天井があった。

……どうやら、今回もあの日に戻ってきたみたいだ。

「さて……そうすると、そろそろ……」

そう呟《つぶや》いて、僕は硬いベッドから降りると。

――バン！

「ヒューゴ様！　いつまで寝ているのですか！　早くしてくれないと……って、起きていたなら早く食堂に来てください！」

勢いよく扉が開け放たれ、顔をしかめながら入ってくるなり大声で小言を言うのは、乳《う》母《ば》であり現在は僕の侍従を務めているモリーだ。

そして、義母の指示で僕の行動を逐一監視すると共に、仕えている者への礼儀も弁《わきま》えない不遜な輩《やから》でもある。

「……僕は食堂で朝食を食べるつもりはない。ここに持ってくるんだ」

「は？　朝から何を馬鹿なことを言っているんですか！　そもそも、そんなわがままを言える立場ではないでしょう！」

「貴様こそ何を言っている。この僕に仕える侍従風情《ふぜい》が、口の利《き》き方に気をつけろ」

「っ⁉」

そう冷たく言い放つと、モリーは驚いた表情で一瞬だけたじろぐが、すぐに怒りの形相を見せた。

「……ヒューゴ様、いい加減にしてくださいよ？　あなたの言動や態度、全て奥方様にお伝えしますが、それでもよろしいのですか？」

はは……確かに、六度目の人生までは僕もその言葉に怯《おび》えていたな……。

父だと思っていたあの男に、義理とはいえ母だと思っていたあの女に嫌われたくなくて、少しでも心証が良くなるようにこのモリーにも媚《こび》を売っていたのだから。

だが、このモリーには知らないことがある。

この僕が、既に六度の人生を歩んできたことを。

この僕が、既に家族になることを諦めていることを。

だから。

「その時は、父上と謁見する時にでも、貴様が僕の養育費を料理長と共謀して横領していることを報告するとしよう。ああ……ちょうど明日の騎士との試合でお会いする機会があるな」

「っ⁉」

はは、驚いているな。

そう……このモリーは、僕のこの離れでの生活に充《あ》てられている養育費を、乳母を務めていた頃からずっと横領していたのだ。

元々、祖父であるノーフォーク辺境伯への建前上、あの男も僕を無下に扱うわけにはいかない。

なので、それなりの額が用意されているにもかかわらず、食事も服装も、家具も、何もかもが貧相なのは、そういった事情があるからだ。

……まあ、横領の件については、放っておいても今から三年後には発覚するんだけど。

「……ヒューゴ様、ご冗談はよしてください。どこにそんな証拠が……？」

「証拠？　そんなものは、明日父上に報告すれば調査するだろうから、どうでもいいだろう？」

そう告げると、モリーはその表情をますます青くさせる。

全く……どちらに主導権があるかくらい、僕が横領について口にした時点で気づくべきだろうに。

オマエは、もはや僕に従うしかないのだという事実に。

「それで……僕は朝食を部屋で食べたいんだが」

「か、かしこまりました……」

モリーは恭《うやうや》しく一礼すると、この部屋から出て行った。

「ふう……」

ははは……侯爵家の連中の顔色を窺《うかが》う必要がないというだけで、ここまで気が楽になるだなんて、ね……。

だけど、これからどうするか……。

一度目の人生で身につけた暗殺術で家族全員を殺すことはできるかもしれないけど、それだとその後は皇国のお尋ね者になってしまうだけだ。それじゃ意味がない。

それに。

「……アイツ等《ら》をこれ以上なく絶望させて、その上で息の根を止めないと気が済まない」

そもそも、僕は六度もアイツ等に死に追いやられたんだ。

それに見合った償いだけは、キッチリと受けてもらわないと。

「となると……まずはこの家を出ることから始めようか」

少なくともこの家にいる限り、僕に未来はない。

その場合、この僕を受け入れてくれて、かつ、復讐《ふくしゅう》を果たす上で力になってくれそうな者となると……。

僕は顎に手を当てながら思案する。

まず、祖父であるノーフォーク辺境伯については期待できない。

あの男は家の利益のみを追求して、一人娘だった母上をこの家に嫁がせたんだから。

それに……一年に一度だけ見せる、僕に向けた冷たい眼差《まなざ》し。

あれは、僕に対して憎悪《ぞうお》を抱いている者の目だ。

なら、他には……。

――コン、コン。

「し、失礼します。食事をお持ちしました……」

どこか緊張した様子で、モリーとメイド達が朝食の用意をする。

まあ、粗相でもしたら僕に横領の事実を報告されてしまうんだ。少なくとも、証拠となるものを処分するまでは、このまま大人しくしているだろう。

「で、では、必要なものなどございましたら、改めてお呼びくださいませ……」

「呼ぶ？　どうやって？」

部屋の周囲を見回した後、僕は静かに告げる。

これまで僕の言うことを聞かない者達で、そもそも、この部屋には呼び鈴が置かれていない。

「そ、それでしたら、私がこの部屋でお世話させていただきます！」

そう申し出たのは、メイドのエレンだった。

彼女は……これまでの六度の人生の中で、この僕に唯一優しく接してくれた女性《ひと》だ。

「そうか……それなら君にお願いするとしよう」

「は、はい！」

僕はニコリ、と微笑《ほほえ》みながらそう告げると、エレンは嬉《うれ》しそうに返事をした。

◇

「で、ではこれで……」

用は済んだとばかりに、モリーと他のメイド達が僕の部屋から去る。

「さて、それじゃいただこうかな」

「はい！」

フォークとナイフを手に取り、テーブルに並べられた朝食に手をつける。

はは……さすがにいきなりでは、朝食の内容まで改善できないか。

「そ、それにしても……モリー様はどうして急に、こんなに心を入れ替える気になったのでしょうか……」

グラスに水を注ぎながら、エレンがおずおずと尋ねる。

「さあ？　ただ、僕としてはありがたいことだけど」

「で、ですよね。失礼しました……」

僕は肩を竦《すく》めて苦笑しながら答えると、エレンはそのまま引き下がった。

「それよりも……どうにかして父上のために尽くすことができないだろうか……」

テーブルに視線を落としながら、僕は心にもないことをポツリ、と呟くと。

「お館様に、ですか……？」

「うん……できれば、この僕がその身を捧《ささ》げることによって、侯爵家の利益につながるものでないとね……何といっても、父上の跡を継いで当主となるルイスや、アンナのためにも……」

「ヒューゴ様……」

感極まったかのように、エレンは瞳を潤ませる。

それは、この家のために尽くそうとしている僕に、感激しているかのようだった。

「そうだな……例えばなんだけど、僕がこの侯爵家の利益となるような家……最低でも同格、できれば公爵家や外国の貴族などに養子として迎え入れてもらう、というのはどうだろう？」

「そ、それはよい考えかと！」

ずい、と詰め寄りながら、エレンは顔を綻ばせた。

どうやら、僕の提案はエレンにとっても賛成のようだ。

「うん……もし、明日の騎士との試合で勝ったあかつきには、父上に進言してみるとしよう。はは……エレンに聞いてもらえてよかったよ」

「そ、そんな！　私などでよければ、いつでも！」

「そうだね……この屋敷で、僕が信頼をおけるのは君だけだから……って、早く食べないと、エレンに迷惑が掛かってしまうな」

僕は再度苦笑し、急いで朝食を食べ終えると、エレンが食器を素早く片づけて退室した。

そして。

「はは……」

僕は、ニタア、と口の端を吊《つ》り上げた。

この僕に唯一優しくしてくれるエレンが、実は僕を監視するための父の間者だということは分かっている。

あれは……三度目の人生の時。

この離れの屋敷に火をかけられて逃げ場を失った僕が窓から外を覗《のぞ》くと、屋敷の外から義母《はは》の陰に、このエレンがいたから。

つまり、エレンは最初から向こう側だったのだと。

ただ……その時彼女が何故《なぜ》、嗤《わら》いながら大粒の涙を零《こぼ》していたのか、その意味は分からない……って、今はそんなことはどうでもいい。

とにかく、僕の話を聞いたエレンは、今頃は父に伝えに行っているに違いない。

そして、すぐにでも僕は差し出されることになるだろう。

サウザンクレイン皇国にある唯一の、ウッドストック大公家へと。

このウッドストック大公家は、現皇帝エドワード＝フォン＝サウザンクレインの叔父にあたるシリル＝オブ＝ウッドストック大公が興《おこ》した家で、今も現役であるウッドストック大公が皇国北部を治めている。

そして、ウッドストック大公は跡継ぎである息子を戦争で亡《な》くし、その後継者は大公のたった一人の孫娘だけだ。

でも。

「……この大公の孫娘には、いろいろな噂《うわさ》がある」

曰《いわ》く、ウッドストック大公家の権力をほしいままにして、善良な領民をさらっては夜な夜な趣味である拷問を行って血の風呂《ふろ》に入り、悲鳴を聞きながら愉悦に浸っている。

曰く、実は孫娘の正体は魔族であり、その正体を知った者は全てこの世から消されている。

故に、大公家の孫娘はこう呼ばれている。

――大公家の怪物、と。

このような噂が流れている一番の理由は、孫娘の死んだ父親が、魔族と恋に落ちたという噂からだ。

というのも、この孫娘の母親について、未来の大公夫人であるにもかかわらず社交界に一切登場したことがなく、その存在すら疑問視されていることが大きな要因となっている。

また、大公の息子の死についても、あくまでも大公自身による公式発表のみで、葬儀なども大公と孫娘、それにほんの一握りの従者のみで行われたことからも、噂により信ぴょう性を増している。

一方で、この大公は孫娘を溺愛しているという。

金と権力に任せ、その婿候補をあてがおうとしたらしく、実際に貴族家の次男、三男と大公、孫娘による面談が行われたこともあったとのこと。

……それ以降、その貴族家の次男、三男の姿を見た者はいないらしいけど。

そんなこともあり、今では貴族の誰一人としてウッドストック大公家に近づく者はいなかった。

だが。

「……野心家なあの男のことだ。本心では、皇室に匹敵するほどの大公家の地位や財産、その他全てを手に入れたいに違いない」

今まで近づく者がいなかった大公家だからこそ、肉親であるこの僕がその一員……つまり、後継者である孫娘と婚姻関係を結べば、大公家を実質的に牛耳《ぎゅうじ》れると考えるだろう。

幸いなことに、まがりなりにもグレンヴィル家はこの国で最も有力な侯爵家だ。家格としても申し分ない。

あの義母だって、厄介払いができて清々するはずだ。

もちろん、そんな噂がある中で僕の身の安全の保障なんてどこにもない。

いや……これは賭けなんだ。

この僕が生き残り、これまでの人生に対する復讐を行うための。

だから。

「……大公の孫娘がどんな人物かだなんて関係ない。僕は大公や孫娘に取り入って、この家が及ばない力を手に入れ、そして……」

――グレンヴィル家に、悲惨な末路を。

騎士との試合

「……ではただ今から、ヒューゴ＝グレンヴィル様と騎士ケネス＝ロジャーズとの試合を執り行う。両者、前へ」

「はい」

「はっ！」

騎士団長の言葉を合図に、僕達は剣を携えて一歩前に出る。

なお、この試合においては、真剣で行う。

これは、過去六度の人生でも全てそうだったので驚いたりはしないけど……剣も握ったことがない（と思わている）僕に、現役の騎士との真剣勝負をさせる時点で、僕の命などなんとも思っていないことの証明だ。

しかも。

「いけー！　ケネス、やってしまえ！」

「ホホ……ロジャーズ卿《きょう》、決して手加減などせぬように……」

興奮した様子で応援するルイスと、扇で口元を隠しながらそのような指示を出す義母。

……なんで僕は、今までこんな連中に認めてもらいたくて、必死に取り繕って媚《こび》を売っていたのだろう。

「では……構え！」

鞘《さや》から剣を抜き、正中に構えて互いに切っ先を相手の眉間に向ける。

そして。

「始めっ！」

「へへ……坊ちゃん、悪く思わないでくださいよ」

口の端を上げ、目の前のケネスがそう告げる。

悪く思わないで、か……本当だよ、ケネス。

僕は今、最高に機嫌が悪い。

だから僕に殺されても、悪く思うな。

――ダンッ！

剣の柄《つか》を両手で握りしめ、僕は地面を蹴って一気に詰め寄る。

「おおー、意外と速いな」

僕の動きを見て感心しているケネスだが、その口調にはまだ余裕が感じられる。

おそらく、僕の攻撃なんて大したことなく、簡単にあしらえるとでも思っているんだろう。

だが？

「っ⁉　クウッ⁉」

僕は突然身体《からだ》を地面すれすれまで低く屈《かが》ませ、ケネスの脛《すね》へと斬りつけた。

相変わらず足元の防御が疎《おろそ》かだな。

だけど……はは、僕の剣だけ、刃毀《はこぼ》れさせて斬れなくしてあるし。

剣も握ったことのないような、たかが十四歳に対してここまでするなんて、本当に異常だな。

まあ、関係ないけど。

「コノッ！」

脛を斬られたことで頭に血が上ったケネスは、怒りで顔を真っ赤にしながら、翻《ひるがえ》って剣を斜めに振り下ろす。

そのおかげで、肩口がガラ空きだよ。

——ずぐり。

「っ⁉　グアアアアアア……ッ」

一切躊躇《ちゅうちょ》することなく、僕はケネスの左肩を剣で抉《えぐ》った。

「うわあああああああッッッ⁉」

「キャアアアアアアアアッッッ⁉」

ルイスとアンナが、ケネスから流れる血を見て悲鳴を上げる。

だったら、最初から見なきゃいいのに。

「っ！　ヒューゴ！　大切な侯爵家の家臣にそのような真似《まね》、許しませんよっ！」

目を吊り上げ、義母は怒りに震えながら立ち上がる。

これはれっきとした試合だというのに。

「……騎士団長」

血を浴びながら、僕は騎士団長に勝ち名乗りを告げるよう、声をかけた。

「そ、それまで！　しょ、勝者、ヒューゴ様！　お、お前達何をしている！　早くケネスを治癒師の元へ連れて行けえええええ！」

「「「は、はいっ！」」」

あまりの事態に呆《ほう》けてしまっていた他の騎士達が、大慌てでケネスを担《かつ》いで治療に向かった。

まあ、肩の筋の部分を思いきり突き刺したんだ。ひょっとしたら治癒師が治療しても、ケネスは騎士としてもう終わりかもしれない。

それよりも。

「父上、この勝利をグレンヴィル侯爵家に捧《ささ》げます」

表情を変えず、僕は膝をついて首《こうべ》を垂れた。

「貴様にこのような才能があったとはな。見誤ったわ」

さて……一度目の人生と同様、ケネスを倒したならこのまま暗殺者として僕を育てるんだろうけど……。

「……我が侯爵家の騎士を見事倒したのだ。その褒美《ほうび》を与えねばなるまいな」

「っ⁉　か、閣下！　褒美などとそのようなこと……っ⁉　い、いえ……何でもありません……」

父の言葉が意外だったのか義母が声を荒らげるが、ギロリ、と睨《にら》まれ、押し黙った。

「一応聞くが、どのような褒美を求める？」

そんなの、アイツから既に聞いてるだろうに。妙に芝居がかったことをする。

「……でしたら、たった一つの望みを」

「言ってみろ」

前の人生までの僕なら、間違いなく家族として認めてほしいと願うだろう。

だが……そんな願いは、もう僕の中にはない。

「はい……この、何もない僕を、是非とも他の有力貴族との関係構築に役立てていただけますでしょうか」

「っ！　あなたごときが図に乗るんじゃありませんっ！」

面白い。所詮は男爵令嬢でしかなかったオマエが、それを言うのか。

「ほう……それはつまり、他の貴族に貴様を身売りしろ、と？」

「はい、そう取っていただいて構いません。そして、無事身受けされた先で全てを手に入れたあかつきには……」

「そうか……それほどの覚悟があるのであれば、これ以上は何も言うまい」

そう言うと、父は口の端を上げた。

だけど、そうやって態度に出てしまうとは、脇が甘い侯爵だな。

まあ、父からすれば上手《うま》くいけば儲《もう》けもの。失敗したとしても厄介者を処分できるんだから、どう転んでも損はない、というところか。

「よかろう。この私が、貴様に相応《ふさわ》しい相手を探しておこう。それまで離れの屋敷で研鑽《けんさん》を積んでおくように」

「お聞き届けいただき、感謝いたします」

満足げに頷《うなず》いた父は、未《いま》だに怒りの収まる様子のない義母《はは》や青ざめた表情のルイス、アンナを連れ、屋敷へと戻って行った。

「あはは……！」

上手くいった。

これで父はウッドストック大公に話を持ちかけるだろうし、僕が大公家に入るまで、あの義母を含め僕に手出しする者はいないだろう。

そんなことをしてしまえば、大公家への身売り話が破綻してしまうから。

僕は立ち上がって剣を鞘に納めると、忌々《いまいま》しげに睨む騎士達を無視して離れの屋敷へと戻った。

復讐《ふくしゅう》の第一歩

「お初にお目にかかります。グレンヴィル侯爵家の長男、ヒューゴと申します」

「ふむ……君が……」

ケネスとの試合から一週間後。

父が僕の身売りの話を持ちかけたことで、ウッドストック大公は早速この侯爵家にやって来た。

はは、どれだけ生贄を欲しがっているんだよ。

でもまあ……なんの条件もなく侯爵家の子息が大公家に身売りすると持ちかけたんだ。よからぬ噂《うわさ》だらけで貰《もら》い手のない孫娘を抱える大公としては、飛びつくのは当然か。

「大公殿下、いかがでしょうか」

「うむ……その所作や立ち振る舞い、さすがはグレンヴィル卿のご子息といったところかの」

そう言うと、大公は満足げに頷いた。

どうやら、僕はお眼鏡にかなったようだ。

「では、いつ頃私の孫娘に会ってもらうとするかの……？」

「ヒューゴ、どうだ？」

二人が僕を見るが……はは、二人共、今すぐにでもその孫娘と面会しろと言わんばかりだな。

「僕は、いつでも……ですが、できればすぐにでもお会いしたいと思っております」

「ほう、そうかそうか！　なら、一週間後にでも来るがよい！」

「分かりました。ヒューゴには、そのようにさせます」

話もまとまり、父と僕は大公を玄関まで見送る。

「ああ、それと孫娘はこの皇都ではなく大公領におるから、王都の屋敷にあるゲートを使って、私と一緒に行こうぞ」

「かしこまりました」

高額であるために貴族でもめったに使うことができない転移魔法陣のゲートを、まさか大公専用として設置しているなんて……さすがはウッドストック大公というべきか……。

「うむうむ……今日は実に有意義じゃったわい！」

満面の笑みを浮かべながら大公は馬車に乗り込み、自分の屋敷へと帰って行った。

「……ヒューゴ、分かっているな」

「もちろんです。この僕にお任せください」

「うむ。では、もう行って構わん」

「はい、失礼します」

恭《うやうや》しく一礼をし、僕は離れの屋敷へと戻ると。

「さて……いよいよ一週間後、か……」

椅子に腰かけながら、僕は独りごちる。

一週間後、僕はウッドストック大公の孫娘と対面することが正式に決まった。

だけど……大公の孫娘についての情報は、あの噂以上のものを知らない。

過去六度の人生の中でも、大公の孫娘について容姿はおろか名前すら誰も知らないのだ。

ひょっとしたら父は知っているかもしれないが、それを聞ける仲ではない……というか、
そんな関係であるならば、そもそも復讐しようだなんて考えたりはしない。

「本当に……どんな御方《おかた》なのだろうか……」

有り体に言ってしまえば、僕は大公の孫娘を復讐のために利用するのだ。

だから、孫娘がどんな女性《ひと》であっても、そんなことは一切気にも留めない。

たとえ噂どおり、人の皮を被《かぶ》った〝怪物〟であろうとも。

「……そうだ。僕はあの六度の人生を経て、家族を……侯爵家を見限って、復讐すると誓ったんだ。そのために大公の孫娘を利用しようが、その結果、彼女がどうなろうが、僕の知ったことか」

そう言い聞かせ、僕はかぶりを振った。

まるで、自分の中にある罪悪感や迷いを振り払うかのように。

「……少し、外の空気でも吸うか」

僕は部屋を出て、庭園へと向かう。

父や義母、弟妹が暮らす本邸と比べればちっぽけな庭でしかないけど、それでも、僕にとっては十四年……いや、これまでの全てを合わせると四十六年の人生で唯一心を癒やしてくれた場所だ。

「はは……この庭も、正式にウッドストック大公家に入ることになれば、永遠にお別れだな」

庭園に咲く花を眺めながら、僕は一人、感慨にふけった。

◇

「ヒューゴ様、おはようございます！」

あれから一週間が過ぎ、いよいよウッドストック大公の孫娘と面会をする日。

エレンが朝早く……いや、夜明け前から部屋に起こしにやって来た。

「……エレン、まだ外は暗いんだけど」

「何を言ってるんですか！　今日は未来の奥方様と初めてお逢《あ》いするんですよ！　入念に準備をしないと！」

エレン曰《いわ》く、どうやらそういうことらしい。

「入浴の支度は整えてありますので、まずはお風呂《ふろ》に入ってくださいませ！」

「あ、ああ、うん……」

エレンに引きずられるようにバスルームへと向かい、風呂に浸《つ》かる。

だけど……さすがに花びらまで浮かべるのはやり過ぎじゃないだろうか……。

「ヒューゴ様、お湯を足しましょうか？」

「いや、いい……」

尋ねるエレンに、僕は素っ気なく答えた。

そんなことより、恥ずかしいからここから出て行ってほしいんだけどなあ……。

「では、次はこちらに……」

「……身体《からだ》を拭いたり簡単な着替えは僕一人でするから、エレンは出て行ってくれないか？」

「そうですか？　別に恥ずかしがる必要は……はい、失礼いたします」

何か言いたそうだったが、僕の無言の圧力に屈したエレンはそそくさと退室した。

まあ、当日になって変な揉《も》め事を起こすわけにはいかないと判断したんだろう。

僕は素早く濡《ぬ》れた身体を拭き、下着とシャツ、パンツを穿《は》いて部屋を出る。

「では、どうぞこちらへ」

鏡の前に座らせられ、僕はまるで妹の持っている人形のように次々と着せ替えられた。

だけど……はは、いつもはみすぼらしい服装ばかりなのに、今日は王都でも有名なデザイナーのものなんだな。

今さらこんな着飾ったところで、意味なんてないのに。

そして、約三時間にも及ぶ衣装合わせも終わると。

「……ちょっと部屋に忘れ物をしたから、取ってくるよ」

「？　忘れ物、ですか……？」

不思議そうに首を傾《かし》げるエレン。

この家では何も持たない僕が、忘れ物だなんて言ったから気になったんだろう。

僕は考え込むエレンを置き去りにして部屋に戻り、机の引き出しを開ける。

「…………………………」

亡《な》くなった母上から唯一遺《のこ》された、不思議な意匠が施された髪飾り。

はは……家族なんていらないって、そう決意したのに……。

僕は苦笑しながら髪飾りを手に取ると、ポケットの中に忍ばせ、エレンのところへと戻った。

「では、お館様のところへとまいりましょう」

エレンに先導され、僕は本邸へと向かう。

途中、モリーが清々したような表情を浮かべていたのが印象的だった。

まあ、噂どおりだとすれば、ウッドストック大公家に行くということは死を意味するようなものだからな。

もちろん、そんな覚悟はこの七度目の人生を始めた時に、既に済ませてある。

今日は……僕が復讐《ふくしゅう》への第一歩を踏み出した、記念すべき日だ。

大公家の〝怪物〟

「お館様、ヒューゴ様をお連れいたしました」

「失礼します」

父の返事を待たず、僕は部屋の中へと通される。

「ヒューゴ、分かっているな。今回の貴様の大公家への身売りは、グレンヴィル侯爵家の未来をも背負っていることを」

「承知しております」

膝をつき、首《こうべ》を垂れながら僕は答える。

だけど……はは、オマエからすれば願ってもみなかった話だろうに。それを、何をもったいぶって言っているんだか。

「分かっているならいい。それと、今日はあくまでもウッドストック大公殿下のご令孫との顔合わせのみだ。正式に大公家へと入る時期については、殿下と私で調整する」

「分かりました」

「うむ……では、行ってまいれ」

「失礼いたします」

恭しく一礼した後、屋敷を出て用意されている馬車へと乗り込む。

ははは……大公家の噂《うわさ》を知っているだろうに、僕の見送りはエレンだけか。

所詮、僕という存在なんて目障《めざわ》りでしかないということの証左だ。

まあ……そのおかげで、僕としても一切手心を加えずに済むけどね。

「ヒューゴ様。無事、大公家に入ることになったあかつきには、このエレン、お供させていただきます！」

「あはは……そうだね」

そうやって、大公家でも僕の監視を続けるつもりなんだろう。

ちゃんと僕が、大公家を牛耳《ぎゅうじ》ることができるかどうかを。

「では、行ってくる」

「どうぞお気をつけて」

御者に指示し、一路王都の中心にあるウッドストック大公家を目指す。

ゆっくりと進んだとしても、ものの三十分もあれば到着するだろう。

「あはは……！」

汗ばむ手を握りしめ、僕は思わず嗤《わら》う。

とうとう僕は、あのグレンヴィル侯爵家から脱出したんだ……！

あとは、予定どおり大公家の全てを牛耳り、侯爵家をこの国から抹消するだけ。

僕は遠ざかるグレンヴィルの屋敷を、見えなくなっても眺め続けた。

◇

「ヒューゴ君、よくぞまいった！」

ウッドストック大公家に到着するなり、大公殿下が満面の笑みで出迎えてくれたことに、思わず面食《めんく》らってしまった。

「わ、わざわざお出迎えいただき、恐悦至極に存じます」

「はっは、これから家族になるというのに、そのような堅苦しい挨拶など無用じゃ！」

大公殿下は豪快に笑い、僕の背中を叩《たた》いた。

なんというか、その……この前会った時よりも、随分くだけた感じだな……。

「では、あやつも首を長くして待っていることじゃろうし、早速行くとしようぞ」

「はい」

大公殿下と共に屋敷の中へと入り、そのまま一番奥の部屋へと通される。

そこには。

「ここが……」

「うむ、我が大公領の本邸へと繋《つな》ぐゲートじゃ」

部屋の中央の床に、半径三メートルほどの転移魔法陣が描かれており、それを囲むように人の頭ほどの大きさの魔石が四つ、台座に置かれていた。

あのサイズの魔石となると、一体いくらになるんだろうか……。

「はっは、驚いたか？」

「は、はい……本当に、すごいですね……」

「そうかそうか。だが、私達の家族になれば、これも全てヒューゴ君のものじゃ」

柔らかい瞳で僕を見つめながら、そう告げる大公殿下。

……まるで、この僕の……いや、グレンヴィル侯爵の思惑を見透かしているとでも言うかのように。

「さあ、この魔法陣の上に乗るのじゃ」

「は、はい」

「行ってらっしゃいませ、お館様、ヒューゴ様」

大公殿下と一緒に魔法陣の上に立つと、執事やメイド達が恭《うやうや》しく頭を下げた。

そして、魔法陣が部屋全体を覆いつくすほどの眩《まぶ》しい光を放ったかと思うと、周囲が一瞬のうちに別の部屋に変わった。

「お帰りなさいませ、お館様。そしてヒューゴ様、ようこそお越しくださいました」

さっき皇都の屋敷で見たのとは別の執事達が、一斉に頭を下げた。

「うむ。あやつは……メルは変わりないか？」

「はい。息災に過ごされております」

「うむうむ、そうかそうか」

執事の答えを聞き、大公殿下が満足そうに頷《うなず》いた。

「殿下……失礼ですが、その……メル様、というのは……？」

十中八九間違いはないものの、念のために尋ねる。

「おお、グレンヴィル卿《きょう》に聞いておらなんだか。メルトレーザ＝オブ＝ウッドストック、つまりは私の孫娘じゃ」

「そうでしたか……それは大変失礼いたしました……」

「いやいや、聞かされておらねば、知らぬのは当然じゃ」

僕の謝罪にも、大公殿下はなんでもないとばかりにカラカラと笑う。

そんな姿を見て、僕は……何故《なぜ》か、顔を背けてしまった。

「では、いよいよメルに会ってもらうとするかの」

そう言って、大公殿下はゲートのある部屋を出て屋敷の階段を上っていく。

いよいよ……大公の孫娘、メルトレーザ嬢にお会いするのか。

ギュ、と手を握りしめ、大公殿下の後に続き、屋敷の最も高い場所にある部屋の前へとやって来た。

「ここに、孫娘のメルがいる」

先程までの柔らかい雰囲気から一変し、大公殿下は今まで感じたことがないほどの威圧を放つ。

――メルトレーザ嬢と面会をした後、大公家に入らなければ消す、
そう、言外に告げているかのようだった。

だから。

「では、メルトレーザ様にお逢《あ》いしてまいります」

僕は表情を緩め、大公殿下にそう告げた。

そんな僕の雰囲気に面食らったのか、大公殿下はキョトン、とした表情を浮かべた後。

「ふわっははははは！　そうかそうか！　心ゆくまで会話を楽しむとよい！」

豪快に笑い、僕の背中を嬉《うれ》しそうに何度も叩いた。

それだけ、僕が本気だということを理解してくれたのだろう。

そんな大公殿下に見送られ、僕は扉に手を掛けた。

「失礼します……っ⁉」

扉をゆっくりと開け、部屋に入った瞬間、僕は息を呑《の》む。

部屋の中は窓が一切閉ざされ、いくつかの燭台《しょくだい》によって明かりが照らされており、まるで夜であるかのようだった。

そんな中、一人の少女が壁に向かって後ろを向いて立っていた。

彼女がメルトレーザ嬢で間違いないだろう。

それにしても……不思議な雰囲気のある御方《おかた》だ……。

腰まで伸びる長い漆黒の髪に、わずかな燭台の明かりであっても分かるほど、透き通るような白い肌。

そのたたずまいからも、噂のような魔族や狂気じみた人物、ましてや〝怪物〟などとは到底思えなかった。

何より、その小さな背中はどこか儚《はかな》げで、今にも壊れてしまうんじゃないかと思えるほどだった。

「……グレンヴィル侯爵家が長男、ヒューゴ＝グレンヴィルと申します」

彼女の背中に向けて膝をつき、首を垂れる。

「……顔をお上げください」

「っ！」

物静かで優しい、いつまでも聴いていたくなるような声。

それでいて、有無を言わせないかのような、絶対的な強さのある声。

相反するものが込められたそんな彼女の声に、ドクン、と鼓動が強く鳴る。

その声に抗《あらが》えず、おそるおそる顔を上げると。

「…………………………」

僕は、声を失ってしまった。

まるでルビーのように輝く、真紅の瞳。

高く、整った鼻筋。

透き通るほど白い素肌にくっきりと浮かび上がる、桜色の艶やかな口唇《くちびる》。

この御方は、本当に人間なのだろうか……。


そう思ってしまうほど、メルトレーザ嬢は美しすぎた。

それこそ、目の前の女性《ひと》は女神なのではないのかと見まごうほどに。

「ウッドストック大公が孫、メルトレーザ＝オブ＝ウッドストックです……」

「メルトレーザ、様……」

差し出されたその滑らかな手を取り、僕はそっと口づけをする。

「……本日は、お祖父《じい》様の我儘《わがまま》でお越しいただいたのですよね……？」

「いえ、僕が望んで、あなたにお逢いしに来ました」

おずおずと尋ねるメルトレーザ様に、僕ははっきりと答えた。

そう……僕は、僕のためにここに来たんだ。

「そう、ですか……ヒューゴ様、あなたも私の噂はご存じだと思いますが……？」

「……こうやってメルトレーザ様を一目見て、お声を聞いて、所詮は噂でしかないと改めて思いました」

うん……人間離れした容姿はともかく、こんなにも物腰が柔らかい御方が、〝怪物〟であるはずがない。

それくらい……これまでの人生で何も見えていなかった、この僕にでも分かる。

すると。

「ふ、ふふ……」

メルトレーザ様が、何故か笑い出した。

「……噂は、本当ですよ？」

メルトレーザ様が、ニタア、と口の端を吊《つ》り上げた。

その瞬間……僕は、見てしまった。

彼女の口から覗《のぞ》く、牙のようなものを。

「ふふ……見えましたでしょう？　私の正体はヴァンパイア……といっても、人間とヴァンパイアの間に生まれた混血ですが」

メルトレーザ様は口元に人差し指を当て、クスクスと嗤《わら》う。

ヴァンパイア……その全てを魅了する美しさと圧倒的な強さで、数多くいる種族の中でも最上位に位置する魔族。

あはは……要は噂どおり魔族と人間……つまり、ウッドストック大公の息子はヴァンパイアと恋に落ちた、ということか……。

「さあ……どうします？　このままでは、あなたは噂どおり拷問によってその身体《からだ》を焼かれ、引き裂かれ、血に塗《まみ》れて息絶えてしまうかもしれませんね？」

とうとう堪《こら》え切れないとばかりに、けたけたと嗤い始めたメルトレーザ様。

僕の人生……これまでの六度の人生で、いいことなんて一つもなく、ただ家族に裏切られ、殺されるだけの人生。

でも、この七度目の人生だけは、決して家族に裏切られて死ぬわけじゃない。

それだけでも、僕にとっては救いなのかもしれない。

そして……願わくば、八回目の人生が訪れませんよう……。

「……何故、あなたはそんなに落ち着き払っているのですか……？」

僕の様子を不思議に思ったのか、メルトレーザ様が少し不機嫌そうに尋ねる。

だけど、それは仕方ないというものだ。

僕は、彼女に殺されることで、救われるかもしれないのだから。

「……あなたの手で死を迎えるのなら、本望ですから」

「っ⁉」

そんな僕の答えに驚いたのか、彼女は息を呑んだ。

「……あなたは自殺志願者なのですか？」

「はは……どうなんでしょう」

そう言って、僕は苦笑する。

確かに、僕はこんなただつらいだけの人生の繰り返しを、終わらせてしまいたいと思っている。

でも、六度目の人生の最後に宿った、あの狂おしいほどの家族への復讐《ふくしゅう》の炎、それが今も、心の中で燃え盛っていて……。

「……ですが、もしこの僕に対してほんの少しの慈悲があるのであれば、せめて一つだけ、願いを聞き届けてはいただけませんでしょうか……」

「願い、ですか……？」

「はい」

そんな僕の言葉が意外だったのか、メルトレーザ様は頬に手を当てて思案する。

「……いいでしょう。言ってみてください」

「ありがとうございます……僕の願いは……」

顔を上げ、彼女の真紅の瞳を見つめる。

そして。

「グレンヴィル侯爵家に……家族に、復讐すること」

そう告げた瞬間、メルトレーザ様の目が見開いた。

「……どういうことです？　あなたは、グレンヴィル侯爵家の利益のために、この私との結婚を望んでいるのではないのですか？」

「それは、あくまでもグレンヴィル侯爵家の望みです。決して僕の望みではありません」

訝《いぶか》しげな表情で問い掛ける彼女に、僕はかぶりを振りながら答える。

「……理由を、尋ねても？」

理由、か……。

僕が既に六度も人生を歩んできているなんて話、絶対に信じてもらえるはずがない。

でも、彼女には真実を告げない限り、信頼してもらえないような気がする。

だって……彼女の瞳はまるで、嘘に疲れたような、そんな色をしているから。

「はい……この滑稽で下らない、馬鹿な男の人生をお聞きください……」

僕は、これまでの人生について全てを話した。

政略結婚によって生まれた僕は、母を亡《な》くして家族から……グレンヴィル侯爵家全てから疎《うと》まれ続けてきたこと。

そんな家族の一員になりたくて、必死に努力して媚《こび》を売って生きてきたこと。

そんな人生を六度繰り返し、その六度全てで、家族によって死ぬことになったこと。

「……そして、今回で七度目の人生を歩んでおります」

「そう、ですか……」

全てを話し終え、僕は妙に晴れやかな気分になった。

ひょっとしたら僕は、こんな下らない話を、ただ誰かに聞いてもらいたかったのかもしれないな。

「到底信じていただけないことは承知しております。ですので、この僕の処遇については、全てメルトレーザ様にお任せします」

僕は首《こうべ》を垂れ、沙汰を待つ。

すると。

——ギュ。

「よく、ここまで耐えてきましたね……」

優しい口調で、メルトレーザ様が僕を抱きしめた。

そのことが意外で、驚いて、困惑して……。

「メ、メルトレーザ様……」

「私はこれまで、多くの人の悪意や嘘を視《み》てきました。ですがあなたからは、そういったものは一切感じられません」

「は、はい……」

彼女の甘いささやきに、僕の心が少しずつ震え出す。

「だから私は、あなたの言葉を信じます」

ゆっくりと離れ、僕を見つめる彼女が、ニコリ、と微笑《ほほえ》んだ。

「あ、ああ……！」

初めてだった。

僕が……常に疎まれ続け、邪魔者扱いされ、蔑まれたこの僕が、こんなにも温かい眼差《まなざ》しを受けたことがあるだろうか……優しい声を、かけてもらったことがあるだろうか
……！

ただの気まぐれかもしれない。

ただの同情なのかもしれない。

「ああ……！」

でも……それでも……。

「あああああああああああ……っ！」

僕は……嬉《うれ》しかったんだ……。

◇

「……大丈夫ですか？」

まるで幼い子どものように泣き叫び続け、ようやく落ち着きを取り戻すと、メルトレーザ様は心配そうに僕の顔を覗き込んでいた。

「は、はい……お見苦しいところをお見せしてしまいました……」

まだ止まらない涙を無理やり閉じ込めるように目を瞑《つぶ》り、そう答える。

「無理なさらないでください。私こそ、余計なことを聞いてしまい、申し訳ありません……」

そう言って、彼女は深々と頭を下げてしまった。

「お、お止《や》めください！　あなたは何一つ悪くありません！」

そんなメルトレーザ様の身体を慌てて起こす。

「で、ですが……あの質問は、あまりにも無神経が過ぎました……」

「そんなことはありません！　あなたが僕を信用できないと考えるのは当然ですし、それに……」

「……それに？」

「こんなことを言ってては何ですが……あなたに聞いていただいて、心から良かったと思っています……」

そう……僕は、彼女に聞いてもらえて嬉しかった。信じてもらえて、嬉しかったんだ……。

「……そう言っていただけると、私も救われます」

膝をついている僕から離れ、メルトレーザ様はゆっくりと立ち上がった。

「ヒューゴ様……あなたの願い、このメルトレーザ＝オブ＝ウッドストックが聞き届けましょう」

「っ！　あ、ありがとうございます！」

彼女の言葉に、僕は歓喜に震えた。

でも……同時に疑問を感じる。

この喜びは、果たしてどちらに対してのものなのか、と。

父に、義母《はは》に、弟に、妹に、グレンヴィル侯爵家に復讐を果たせることへの喜びなのか。

それとも、メルトレーザ様が僕を見てくれたことへの……僕を信じてくれたことへの喜びなのか……。

「ふふ……では私とヒューゴ様が、まずは婚約を結ぶところから、ですね」

「あ……」

そうだった……元々、僕はウッドストック大公家に入るためにやって来たわけで、当然、メルトレーザ様と一緒になるということで。

そしてそれは、彼女が僕の復讐の犠牲になってしまうということで……。

そう考えた瞬間、僕の胸がちくり、と痛む。

ただ復讐だけを考え、それ以外は何もいらないと、六度目の死で誓ったはずなのに……。

「……ご安心ください。あくまでも仮に、ということですから」

そう言って、メルトレーザ様は寂しそうに微笑んだ。

ああ、僕は彼女に勘違いさせてしまったようだ。

「ち、違うんです！　……僕は、僕の復讐のことは別にして、あなたと一緒になれることを心から嬉しく思っています。僕が気にしているのは、その、復讐のためにあなたを利用してしまっていることについてでして……」

僕はメルトレーザ様に誤解されたくなくて、必死に訴える。

彼女みたいな素晴らしい女性《ひと》は、ハッキリ言って僕みたいな者にはもったいなさすぎる。

この時の僕は、彼女がヴァンパイアだということなんて、既にどうでもよくなっていた。

それよりも、ただ罪悪感だけが僕の胸を締めつけていて……。

すると。

「ふ、ふふ……たとえ目的があるとはいえ、あなたは変わった人ですね。こんなヴァンパイアなんかと一緒になれて嬉しい、だなんて……」

一瞬目を見開いた後、彼女はまるで誤魔化すかのようにそう告げる。

でも、彼女なら……僕のあり得ないような話を信じてくれた彼女なら、これから告げる言葉が本心であると、分かってくれるはずだ。

「あなたは僕が出逢《であ》ってきた人の中で、一番綺麗《きれい》な女性《ひと》です……容姿が、それ以上に、あなたの心が」

「あ……」

それを聞いて、メルトレーザ様はおろおろとしてしまう。

僕の言葉が本心であると分かっていながらも、それを信じられないんだろう。

どうしたら、僕の言葉を素直に受け入れてもらえるだろうか……。

そう思い、僕は考えを巡らせた結果、一つの案を思いついた。

「メルトレーザ様」

「は、はい！」

やはりまだ困惑しているのか、彼女は声を上ずらせた。

僕はすう、と息を吸うと。

「その……よければ、僕をあなたの眷属《けんぞく》にしていただけませんでしょうか……？」

「っ⁉」

そう告げた瞬間、メルトレーザ様は驚きの表情を見せた。

ヴァンパイアは人間の血を吸うことで、眷属にすることができると書物で読んだことがある。

なら、僕が眷属になれば、彼女の信頼を得られるのではないか……そう考えての提案だ。

それに……僕だけが彼女から一方的に与えてもらうのは、とても心苦しかったから……。

すると。

「っ！　一体何を考えているのですか！　ヴァンパイアの眷属になるということは、人間をやめるということなんですよ！　それを、そんな軽々しく言うなんて！」

メルトレーザ様は怒り、悲しみ、罪悪感、そして期待と、色んな感情がない交ぜになったかのような表情を浮かべ、詰め寄った。

多分、優しい彼女のことだから、僕がそんな提案をしたことが到底許容できないんだろう。

「僕は本気です。それに、決して単純な思いでそう提案したわけではありません」

「いいえ！　何も考えていらっしゃらないからそんなことが言えるんです！　〝怪物〟になることが……人間でないことがどれだけつらいことか、あなたには分からないのです……っ！」

僕の胸倉をつかみ、震える声で訴える彼女。

その真紅の瞳に、わずかに涙を湛《たた》えながら。

彼女はこれまで、たくさんつらい思いをしてきたんだろう。

だからこそ、最初にヴァンパイアであることを晒《さら》して、自分が傷つかないように、僕を遠ざけようとした。

そして今度は、僕が願いを聞き入れてもらったことへの……信頼してもらうための対価としての提案を、僕のためにこんなに必死に拒もうとしている。

ああ……彼女は、本当に優しい女性《ひと》だ。

「僕は……人間をやめても、一向に構いません」

「っ！　で、ですが……！」

「これまで送ってきた六度の人生で、僕は人間の醜さしか知りません。そんな人間なんかに縋《すが》るよりも、僕は……あなたのような、優しい〝怪物〟になりたい」

そう言って、僕は彼女に微笑んでみせた。

「ふ……ふふ……いいでしょう。だったら、私と同じヴァンパイアに……〝怪物〟になって、後悔すればいいんです！」

引かない様子の僕を見かねて、メルトレーザ様はその可愛《かわい》らしい口から牙を剝《む》き出しにした。

そのまま、僕の首筋に牙の先を当てる。

「……今ならまだ引き返せます。止めるなら今のうちですよ？」

これが最後通告だとばかりに、威圧的にそう言い放つ彼女。

でも、その声も、身体《からだ》も、震えていて……。

「僕は……これで正真正銘、あなたと一緒になるのですね」

「……あなたは、本当に……馬鹿です……っ！」

「はい……知っています……」

涙声の彼女に頷《うなず》き、僕は目を閉じる。

でも……いつまでも痛みを感じることはなく、代わりに温かい雫《しずく》が首筋を伝った。

◇

「…………………………」

「…………………………」

しばらくして、彼女は僕の身体から離れ、僕のことを睨《にら》んでいる……んだけど。

これは、怒っているという理解でいいのかな……？

「メ、メルトレーザ様……？」

「……あなたは、ずるいです」

ええと……ずるいってどういうことだろう……。

「お祖父《じい》様が連れてこられた今までの方達は、最初は私のことを褒めそやしましたが、牙を見せてヴァンパイアであることを告げると、泣き叫びながらその扉から逃げ出していったんです」

「………………」

「なのに、あなたは逃げ出すどころか、私の眷属になりたいなどと言い出して……」

そう言うと、彼女は口を尖《とが》らせた。

そんな仕草は、先程までのヴァンパイア特有の蠱惑《こわく》的な雰囲気とは打って変わり、あどけない少女のような印象を受けた。

「……一応お伺いしますが、混血のヴァンパイアには眷属を生み出す力がないということを、知っていたりはしませんよね……？」

「え⁉　そ、そうなんですか⁉」

彼女の言葉に、僕は思わず驚きの声を上げた。

い、いや、ヴァンパイアなら誰もが人間を眷属にできるものだと思っていたのに……。

でも、そんな僕の反応を見た彼女は。

――ギュ。

「ほ、本当に、あなたはもう……っ！」

僕の胸に飛び込んで、その綺麗な顔をうずめた。

その小さな肩を、震わせながら。

「……でも、これで僕の言葉を信じてくれますか？」

「……言葉って、どの言葉ですか？」

僕の服で顔を拭うと、彼女は見上げながらおずおずと尋ねた。

「もちろん、『あなたと一緒になれることを心から嬉《うれ》しく思っている』ということと、『あなたは僕が出逢ってきた人の中で、一番綺麗な女性《ひと》』だということです」

「あう……も、もう……」

そう告げた瞬間、メルトレーザ様は透き通るほど白い肌を朱色に染め、また胸に顔をうずめてしまった。

はは……本当に、噂《うわさ》なんて一切当てにならないものだな……。

「……こ、これから」

「はい……」

「これから、私達は、一緒に、なるのですから、その……もっとヒューゴ様のことをお教えください……」

どうやら彼女は、僕のことを受け入れてくれる気になったようだ。

僕の、打算的な考えも含めて。

「はい。ただし、メルトレーザ様のことも色々と教えてくださいね？」

「……本当に、ずるい」

そう言って、彼女はまた口を尖らせた。

でも……その真紅の瞳は、ただ澄み切っていた。

呪いと洗脳

「そう……なんですね……」

それから、僕とメルトレーザ様はお互いのことを心ゆくまで話し合った。

出自やこれまでの人生、趣味や嗜好《しこう》、その他なんでも包み隠さず。

そして僕は、彼女の全てを知った。

彼女の父君が魔物討伐の際にヴァンパイアの真祖である母君と出逢い、恋に落ちて彼女が生まれたこと。

当初は大公殿下もそんな二人の関係に猛烈に反対していたが、二人の意志が固く、何よりヴァンパイアの真祖である母君に太刀打ちできるはずもなく、結局は二人を引き離すことを諦めたそうだ。

そんな二人の愛の結晶として、彼女……メルトレーザ様が生まれた。

ご両親だけでなく、あれだけ二人の関係に反対していた大公殿下も孫娘は殊の外可愛かったようだ。

でも、メルトレーザ様が初めての誕生日を迎えた頃……彼女の父君が隣国のオルレアン王国への遠征中、父君の軍勢は壊滅し、その消息を絶った。

そのことを知った彼女の母君は、夫を捜すためにオルレアン王国へと発《た》ったきり、二人は戻ってきていない。

「……お母様はヴァンパイアの真祖だから、そんな簡単に死んだりなんてことはないはず。ですので、そのうちお父様と一緒に帰ってくるのではと思っています」

「そうですか……」

そう言って、彼女はニコリ、と微笑《ほほえ》む。

本当は、彼女も寂しいはずなのに。

これからは、僕が彼女に寄り添うことで、少しでも寂しさを癒やせるようにしよう……。

「ところで疑問に思ったのですが、メルトレーザ様はどうしてそんな生まれる前のことまで含め、そんなに詳しくご自身のことをご存じなのですか？」

「ふふ……それは、お祖父様にお伺いしたのと、お母様が残してくれた私あての日記のおかげです」

「ああ、なるほど」

彼女の母君は、不測の事態が起こった時を想定して、あらかじめ日記を用意していたということか。

「その中には、私の……というより、ヴァンパイアについてのことも詳しく記されてありました。それで、ヴァンパイアには基本的な能力の他にも、それぞれ固有の能力を持っていたりするのですが……」

そう言うと、何故《なぜ》か彼女はクスクスと笑った。

「ふふ……実は私の能力は、相手の悪意や嘘といったものを見抜く力なのです」

「あ……そ、そうなんですね……」

な、なるほど……だから彼女は、僕のあんなあり得ない話でも、信じてくれたのか……。

「で、では、混血のヴァンパイアであるあなたは、いわゆる本来のヴァンパイアのように、人間の血を飲んだり、欲《ほっ》したりはしないのですか？」

「あ……い、いえ……渇きは混血であってもあります……」

メルトレーザ様はそっと目を伏せる。

「こんなことを聞いて恐縮ですが、その……血が欲しい時はどのように……」

「あ、わ、私の場合は混血ということもあり、一月《ひとつき》にグラスの半分も飲めば、その渇きを癒やすことができますので、その……領民から希望者を募って、血を買っているのです……」

「なるほど……」

こういうところから、あの噂に繋《つな》がっているのか……。

「メルトレーザ様、お願いがあります」

「？　なんでしょう……？」

「これからは、血が欲しい時は僕の血だけを飲んでいただけないでしょうか」

「っ⁉　そ、それは……」

僕のお願いに、彼女が困惑の表情を見せる。

だけど、こうすればあの悪い噂だってなくなるだろうし、何より僕は、彼女に僕以外の誰かの血を飲んでほしくないと思ってしまった。

これは、ひょっとしたら嫉妬というやつだろうか……。

「そ、その……よろしい、のでしょうか……？」

「はい。僕が、あなたにそうしてほしいんです」

おずおずと尋ねる彼女に、僕は力強く頷いた。

「あなたは……あなたは……っ！」

「メ、メルトレーザ様⁉」

突然ぽろぽろと泣き出してしまった彼女に、僕はどうしていいか分からずおろおろしてしまう。

「な、なんでしたら、今すぐにでも僕の血をどうぞ！」

どうにかして泣き止《や》んでもらおうと、そんな的外れなことを言ってしまう。

そんな僕に、彼女は飛びついてきて、両腕を首に絡《から》めた。

そして。

――かぷ。

僕の首筋に牙を突き立て、彼女はゆっくりと血を味わう。

「ん……ぷあ……っ」

「お、お味はいかがでしたか……？」

ほ、本当に、僕は何を聞いているんだろうか……。

「すいません、少しあなたの瞳を覗《のぞ》かせてください」

「え……？　は、はあ……」

牙を首筋から離した瞬間、急に真剣な表情をした彼女にそう言われ、僕はよく分からないまま返事をした。

「…………………」

吸い込まれそうなほど綺麗《きれい》な真紅の瞳に見つめられ、僕は思わず胸が高鳴る。

「……やっぱり、ほんの少し混じっています」

「え？　混じってる……？」

言葉の意味が分からず、僕は聞き返す。

一体何が混じっているというんだろうか……。

「……どうやらあなたにも、何代前なのかは分かりませんが、その……魔族の血が混ざっているようです……」

「っ⁉　ぼ、僕に魔族の血が⁉」

「はい……」

驚きの声を上げる僕に、メルトレーザ様はゆっくりと頷《うなず》いた。

だけど、侯爵家であるグレンヴィル家の家系にそんな経歴はないし、母上の実家であるノーフォーク辺境伯家にも……。

「おそらく、あなたが何度も死に戻りをしているのも、その魔族の能力かと……」

「そ、そうですか……」

は、はは……僕が死ぬたびに十四歳のあの日に戻っていたのは、魔族の能力……いや、呪いだったのか……。

「ヒューゴ様……」

困惑している僕を、彼女が心配そうに見つめている。

ああ……彼女だってヴァンパイアなのに、僕は自分が魔族の血をひいているからってこんな姿を見せていたら、それこそ彼女に失礼じゃないか……。

「す、すいません、少し驚いてしまいました。ですが、これで僕はあなたと同じですね」

「っ！　も、もう……あなたはすぐそうやって、私の欲しい言葉をくださるのですね……」

そう言うと、彼女は甘えるように僕の胸に頰ずりをした。

「そ、それと……」

「は、はい」

「首筋に牙を立てて血をいただいたのは、その……あ、あなただけですから……」

耳まで真っ赤にして恥ずかしそうに告げるメルトレーザ様。

その姿に、僕は顔が熱くなってしまった。

◇

「も、もうこんな時間なんですね……」

恥ずかしさを紛らわすようにカーテンを開けると、メルトレーザ様はそう呟《つぶや》いた。

窓の外は既に暗くなっており、下弦の月が煌々《こうこう》と輝いていた。

「あはは……そうみたいですね」

「……ヒューゴ様は、本日はグレンヴィル家へお帰りになるのですか？」

「…………………」

心配そうな表情を浮かべる彼女の問いかけに、僕は無言で唇を噛《か》む。

本音を言ってしまえば、僕はもう、あの家になんて帰りたくない。

あんな……居場所もないところに。

「そ、その……今日は遅くなってしまいましたので、このままお泊まりになられてはいかがでしょうか……？」

すると彼女は、期待に満ちた瞳で僕の顔を覗き込みながらおずおずと尋ねた。

あはは……こんなにも誰かに求められたことが……受け入れられたことが、今まであっただろうか……。

「でしたら、ぜひお願いしても？」

「っ！　は、はい！」

メルトレーザ様は両手を合わせ、パアア、と咲き誇るような笑顔を見せた。

本当に……あなたという女性《ひと》は……。

「で、では、すぐにでも食事の支度などしませんと！　それと、本日お休みになられるお部屋のご用意と、それから……」

「メルトレーザ様、落ち着いてください」

「あ……す、すいません……」

僕が苦笑しながら声をかけると、張り切る彼女は恥ずかしそうにうつむいた。

「ですが……ふふ、ヒューゴ様は何かお嫌いな食べ物など、あったりしますか？」

「僕は、食べられるものなら何でもいただきます」

うん……グレンヴィル家では、酷《ひど》い時は硬くカビの生えたパンだけ、なんてこともあったからね……。

「ふふ！　でしたら、うちの料理長に腕を振るってもらいませんと！」

「あはは……」

僕を歓迎するのに、彼女はこんなにも喜んでくれる。

僕は……この賭けに出て、本当によかった……。

「と、ところで、その……わ、私達はこれから、婚約者となります、よね……？」

「はい。ウッドストック大公家とグレンヴィル侯爵家同士で正式な婚約手続きを交わしてから、ではありますが」

「でしたら、私からお願いがあるのです……」

「お願い、ですか……？」

彼女の言うお願いとは、一体なんだろうか……。

何もない僕でも、叶《かな》えられるものだったらいいんだけど……。

「その……私のことを、メルトレーザ様という堅苦しい呼び方ではなく、他の呼び方で……」

「あ……」

よ、呼び方、かあ……。

確か、大公殿下は彼女のことをメルって呼んでいたよね……。

「じゃ、じゃあメル様、でどうでしょうか？」

「……それはお祖父《じい》様が使っておられますので、できればヒューゴ様だけの特別なものがいいです。それと、様もいりません」

「そ、そうですか……」

有無を言わせないとばかりにピシャリ、と告げられ、僕は思わず頭を掻《か》く。

だ、だけど、メル以外の呼び方……メルトレーザだから……。

メルト？　ウーン……ちょっと違和感がある。

メルレ？　これもなあ……。

首を捻《ひね》りながら色々と思案した結果。

「……〝メルザ〟、でどうでしょうか……？」

僕は、彼女におずおずと尋ねると。

「メルザ……ありがとうございます！」

彼女……メルザは、僕の手を取って嬉《うれ》しそうにはにかんだ。

どうやら気に入ってもらえたようで、僕も胸を撫《な》でおろした。

「で、でしたら、僕のこともヒューゴではない特別な呼び方をつけていただけますか？

あ、ちなみに僕はヒューゴ以外で呼ばれたことがありませんから、どんな呼び方でも、その……メルザ、が初めてです……」

うう……やっぱり、いきなり僕だけの愛称で呼ぶのは恥ずかしいな……。

「ふふ！　でしたら、〝ヒュー〟と呼んでもいいですか？」

「あ、も、もちろんです！」

ははは……僕の愛称はヒューか……ちょっと、いや、かなり嬉しい。

「ふふ、ではお祖父様も首を長くして待っていますでしょうし、行きましょう、ヒュー」

「ええ、メルザ」

僕は彼女の手を取って翻《ひるがえ》ると。

「？　……ヒュー、少々失礼します……」

何故《なぜ》かメルザは、僕の背中をまじまじと眺める。

「ど、どうかしたんですか？」

「……これは、精神魔法の残滓《ざんし》があります」

「え……？」

メルザの言葉に、僕は思わず呆《ほう》けた声を漏らした。

「どんな精神魔法がかけられているのか確認しますから、じっとしていてください」

「は、はい……」

彼女が僕の背中を調べる中、胸がどんどん苦しくなっていく。

だって、僕にこんなものをかけるのは、あの父しかいないのだから。

は、はは……父は一体、僕にどんな精神魔法を……。

そして。

「この術式……どうやらヒューは、魔法によって洗脳を受けていたみたいです。それも、特定の者に好感を持ち続けるように……」

メルザは、重い口調でそう告げる。

ああ……そうか……。

僕は……僕の家族になりたいっていうちっぽけなあの想《おも》いすら、僕のものじゃなかったんだ……。

僕は……僕は……っ！

「う、うう……うわあああああああああああああッッッ！」

「っ⁉　ヒュー！」

膝から崩れ落ち、僕は叫びながら何度も床を叩《たた》く。

何度も、何度も、何度も。

アイツ等《ら》は……グレンヴィル家は、そんなことさえも、奪うのか……っ！

そんなことさえも、僕には許されなかったのかよお……！

「ヒュー！　私がいます！　あなたには、この私がずっといますから！　だから！」

「うああ……メルザ……メルザア……ッ！」

そう叫びながら抱きしめてくれるメルザに、僕はくしゃくしゃになった顔で彼女の胸に縋《すが》る。

あまりにつらくて……あまりに苦しくて……。

僕は……ずっと泣きわめき続け……。

——そのまま、意識を失った。

彼が、救われるように

■メルトレーザ＝オブ＝ウッドストック視点

「すう……すう……」

号泣したまま意識を失ったヒューが、私の膝の上で寝息を立てている。

それほど、彼にとってこの事実はショックだったんだろう……。

「私が、余計なことを言ってしまったばかりに……」

私のこの紅《あか》い瞳は、悪意や嘘を視《み》ることができるほか、魔法に長《た》けたヴァンパイアの特性として魔力の流れや術式の構成、そういったものも分かる。

彼の背中で見つけた精神魔法の残滓に関しては、私が発見した時にはその効果が打ち破られていた。

おそらく、ヒューが六度目の人生で全てを諦めたことで、精神魔法が効かなくなってしまったんだろう。

「……実の息子であるはずのヒューに、こんなことをするなんて……っ！」

彼の境遇を考えると、胸が苦しくて、やるせない気持ちで一杯になる。

こんなに優しい彼が、どうして苦しまないといけないんですか……！

家族の愛情という誰しもが受けられるものを求めているだけなのに、何故ヒューだけがこんな仕打ちを受けないといけないのですか……！

できることなら、ヒューにこんな仕打ちをしたグレンヴィル家の者を、今すぐにでもこの手で八つ裂きにしてやりたい。

そんなことを考えながら、眠る彼の髪を優しく撫でていると。

——コン、コン。

「失礼するぞ……っ⁉　ヒュ、ヒューゴ君は一体どうしたのじゃ⁉」

「しー……彼は、泣き疲れて眠っているだけです」

ノックをして部屋に入って来たお祖父様が、私の膝枕で寝ているヒューを見て大声で騒いだので、人差し指を口に当ててたしなめた。

「じゃ、じゃが……泣き疲れたとはどういうことじゃ？　ひょっとして……」

そう言うと、お祖父様の表情が険しくなる。

おそらく、ヒューが私の正体を知って恐怖で倒れたと勘違いしているのだろう。

「……お祖父様の考えているようなことではありません。彼は……彼は……っ！」

「メ、メル⁉」

彼の境遇を思い、瞳から涙が溢《あふ》れる私は、お祖父様に彼の境遇について備《つぶさ》に語った。

ヒューがこれまで受けてきた酷い仕打ちの数々と、六度の絶望を。

「ううむ……信じられんが、メルが視たというならば、そのとおりなのじゃろうが……」

お祖父様が顎鬚《あごひげ》を撫でながら、鋭い視線をヒューへと向ける。

「そして、彼は話してくれました。グレンヴィル侯爵がヒューを身売りしたのは、このウッドストック大公家を乗っ取るためだと」

「ほう……？　つまりヒューゴ君は、グレンヴィルの小童《こわっぱ》の命を受けて、ここへ来たということか」

「いいえ、それは違います」

「違うじゃと？」

かぶりを振って否定した私に、お祖父様は訝《いぶか》しげな表情で尋ねる。

「ええ……そもそもヒューがこの家に身売りしたのは、全て彼の思惑です」

「ど、どういうことじゃ⁉　では、ヒューゴ君自身が、この家を乗っ取ろうと考えておったということか⁉」

「そうではありません。あのままグレンヴィル侯爵家にいては危険だと考えたヒューは、あの家が手出しできず、彼を最も受け入れる可能性が高かった、このウッドストック大公家を選んだということです」

「な、なるほどのう……」

ようやく納得したのか、お祖父様は何度も頷《うなず》いた。

「ですが……ヒューがこの家を選んでくれたことは、私にとってこの上ない幸運でした……」

ええ、そうですとも……。

私はあなたに出逢《であ》えて、あなたが〝怪物〟の私を受け入れて……いえ、求めてくれて、どれほど嬉しかったことか……。

「はっは！　よもやメルがそのような表情を見せるとはのう！」

お祖父様が顎鬚を撫でながら破顔する。

「それで、今夜はヒューにこの部屋で泊まっていただこうと思います。お祖父様は、グレンヴィル家にその旨《むね》を伝えていただけますでしょうか？」

「そ、それはよいが、二人はまだ婚約もしておらんのに、その……」

どうやらお祖父様は、私とヒューが一晩一緒にいることが不安のようですね。

「大丈夫です。ヒューは誠実な御方《おかた》ですから、決して失礼な真似《まね》はいたしません」

「そ、そうかのう……」「何ですか？」「……い、いや！　私もそう思うとも！」

懐疑的だったお祖父様でしたが、私に睨《にら》まれて慌てて同調した。

「ではお祖父様。そろそろこの部屋から出て行っていただけますでしょうか？」

「う、うむう……」

お祖父様は肩を落としながら、扉に手を掛ける。

「……お祖父様」

「ん？」

「明日……ヒューのお話を、どうか聞いてあげてください……」

「はっは、当然じゃ」

手をひらひらとさせながら、お祖父《じい》様は部屋を出て行った。

「さて……」

私はそっと彼の頭を膝から下ろすと、彼の身体《からだ》を抱えてベッドに寝かせた。

「ふふ……こんな力持ちのところを見たら、ひょっとしたらヒューは幻滅するかもしれませんね……」

彼の寝顔を眺めながらそんなことを呟《つぶや》くけど、ヒューがそんなふうに思ったりしないことは分かっています……。

「で、ですが……」

「すう……すう……」

寝息を立てて眠るヒューの泣き腫らした顔を見て、胸が痛くなるのと同時に、心臓が高鳴っているのが分かる。

「し、失礼します……」

そう言って、私はヒューの隣に寝る。

すると。

「っ⁉」

「う……うう……！」

彼は私の胸に縋りつき、眠りながら涙を零《こぼ》した。

「ヒュー……」

私はそんな彼の髪を、ただ優しく撫《な》で続けた。

少しでも……せめて夢の中だけでも、ヒューが救われるように祈りながら。

目的

「んう……」

ほんの少しの息苦しさと、すごく良い匂いが鼻をくすぐり、僕は目を覚ます。

……どうやら僕は、あのまま眠ってしまったみたいだ。

でも、この僕の顔に押し付けられているものは……って⁉

「う、うわあああああああああああああ⁉」

その正体を知り、僕は思わず大声を上げてしまった。

だ、だって、まさかメルザの、そ、その、胸だなんて⁉

「あ……ふふ、おはようございます」

まどろんだ表情のメルザが、ゆっくりと目を開け、ニコリ、と微笑《ほほえ》んだ。

「そ、その！　すいませんでした！」

とにかく僕は、ただひたすらに頭を下げて謝った。

まさかメルザと同衾《どうきん》するばかりか、その……胸に顔を押し付けるだなんて……！

「謝らないでください。それよりも、このようなベッドで狭い思いをさせてしまい、申し訳ありませんでした」

「そそ、そんな！　僕のほうこそ！」

頭を下げるメルザに、僕はそれ以上に頭を下げる……って。

「……ふふふ！」

「……あはは！」

そんなお互いの姿がおかしくなって、僕達は笑ってしまった。

「ふふ、昨日は食事を摂《と》られておられませんから、お腹《なか》が空《す》きましたでしょう？　すぐに朝食にいたしましょう」

「あ、は、はい……」

ベッドから起き上がり、メルザはベルを鳴らした。

「おはようございます、お嬢様」

「これから彼と食事をいたしますので、用意をしてちょうだい」

「お部屋で食事をなさいますか？」

「いいえ、食堂に行くわ」

「かしこまりました」

恭《うやうや》しく一礼した後、メイドは部屋を出た。

「で、ではその……大変申し訳ないのですが……」

「？」

恥ずかしそうにしながらモジモジするメルザ。

ええと……どうしたんだろう……？

「あう……き、着替えをしないといけませんので……ほんの少しの間、別の部屋にお移りいただけると……」

「ああ！　そそ、そうでしたね！」

「あっ……」

ようやく思い至った僕は、慌てて部屋を飛び出した。

何かを言おうとしたメルザに、気づかないまま。

「ふう……それで、ここはどこだろう……」

どうやら僕は、この広い屋敷の中で迷子になってしまったみたいだ。

……とにかく、誰か探すか。

そう思いながら廊下を歩いていると。

「はっは、よく眠れたかの？」

声をかけてきたのは、まさかの大公殿下だった。

「大公殿下、おはようございます」

僕は慌てて首《こうべ》を垂れる。

「うむ、おはよう。それにしても、このような場所でどうしたのじゃ？　メルもおらぬようじゃが……」

そう言うと、大公殿下はキョロキョロと辺りを見回した。

「……実は、メルザ……いえ、メルトレーザ様が着替えをされるので慌てて部屋を飛び出したところ、迷子になってしまいまして……」

「はっは、なるほどのう。なら、少々私に付き合わぬか？」

「？　は、はあ……」

大公殿下の意図が分からないまま、僕は曖昧に返事をした。

「うむ。では、ついてまいれ」

ということで、僕は大公殿下に連れられて屋敷の外に出ると。

「ここは……訓練場、ですか？」

「そうじゃ。ええと……ヒューゴ君の身体の大きさじゃと……おう、これで良いじゃろう」

大公殿下は立てかけてある訓練用の木剣を手に取り、僕に手渡した。

「ええと……」

「なに、せっかくじゃから一緒に一汗かこうと思っての」

「そ、そうですか……」

どうやら、大公殿下の訓練に付き合え、ということらしい。

だけど、ウッドストック大公といえば、このサウザンクレイン皇国の武を司《つかさど》っており、既にかなりのお年を召しておられるのに、今も皇国最強の武人と謳《うた》われている御方だ。

こ、光栄ではあるけど、僕は暗殺の技術しか身につけていない。

そんなものを見せたら、大公殿下は幻滅されるだろうな……。

「さあ！　遠慮せずにかかってくるがよい！」

両腕を広げ、笑顔でそう告げる大公殿下。

やるしかない、か……。

僕は体勢を低く構え、柄頭《つかがしら》に右手を添える。

「ほう……なかなか堂に入っておるわい」

大公殿下は、僕を見て感心する様子を見せた。

でも……はは、全然隙がないや。

こうして正面に向かい合っているだけでも、僕が倒したケネスなんかとは圧倒的に格が違うことが分かる。

「いきます！」

僕は突進し、大公殿下との距離を詰める。

「シッ！」

身体《からだ》を左右に揺らしながら的を絞らせないようにして、虚を突いて脛《すね》を斬りつけ……

っ!?

「ふむ……これは暗殺術、じゃな」

僕の攻撃を、まるで小枝を振り払うかのように弾《はじ》くと。

「がっ⁉」

柄で背中を叩《たた》かれ、僕は地面に突っ伏した。

「あ……」

「はっは。動きは良いが、それは私の後継者となるヒューゴ君には相応《ふさわ》しくない。これからはこの私が、本当の武というものを教えてやろうぞ。さあ、立つんじゃ」
ス、と差し出された手を、僕はおずおずと握る。
その手は、大きくて、ごつごつとしていて、そして力強かった。

「さあ……来るのじゃ！」

「はい！」

それから僕は、大公殿下に幾度となく挑んでは叩きのめされ、何度も地面に転がる。

その一撃一撃が強く、厳しく、痛みで身体が軋《きし》んだ。

……でも。

「む⁉　ど、どうしたんじゃ⁉」

「うう……っ！」

僕は、膝をついてぽろぽろと涙を零す。

そんな姿を見て、大公殿下が心配して思わず駆け寄ってきた。

「っ！　ヒュー！」

あ、あはは……メルザにまで見つかっちゃった……。

「お祖父様《じい》！　一体ヒューに何をしたんですか！」

「わ、分からん……私はただ、ヒューゴ君に稽古をつけておっただけじゃ……」

怒るメルザと、困惑する大公殿下。

でも……こんなの、泣いてしまうに決まってる。

だって、大公殿下は本当に僕を鍛えようと、こんなに厳しくて、鋭くて……そして思いのこもった、温かい一撃をくださったんだから……。

◇

「グス……す、すいません……」

心配する二人に、僕は立ち上がって謝罪する。

「い、いえ……ヒュー、大丈夫なんですか……？」

「はい……大公殿下は、ずっと手加減してくださってましたから」

「そ、そうですか……」

それを聞いてようやく安心したのか、メルザは胸を撫《な》で下ろした。

「じゃが、どうして泣いてしまったのか、教えてくれんかの……？」

「は、はい……こうやって厳しくも優しく教えていただいたことが、その……初めてで、嬉《うれ》しくて……」

心配そうに尋ねる大公殿下に、僕は素直に話した。

「そ、そうか……じゃが、私でよければいくらでも稽古をつけてやるとも！　それこそ、皇国最強にしてみせようぞ！」

大公殿下は顔を上気させ、僕の背中をバシバシと叩く。

はは……痛いけど嬉しい……。

「あ、そ、それよりも、メルザは外に出ても、その……大丈夫なんですか？」

「え？　どうしてですか？」

「いえ……ヴァンパイアは、太陽の光に弱いと……」

キョトン、とするメルザに僕はそう言うと。

「ふふ……大丈夫です。こうやって傘も差していますし、陽差《ひざ》しを受けたとしても少し赤くなってヒリヒリするだけですから」

彼女はなんでもないとばかりに微笑《ほほえ》んでみせた。

「で、でも！　赤くなってしまうのなら建物の中に入らないと！」

「本当に、大したことはないですから……」

「そ、そうはいっても、その白くて綺麗《きれい》な肌が赤くなってしまうんですから！」

「あう……も、もう……ヒューは思ったよりも過保護なんですね」

僕の顔を覗《のぞ》き込みながら、メルザが苦笑した。

でも、どこか嬉しそうに見えるのは気のせいだろうか……。

「はっは！　これはこれは、たった一日でそこまで仲良くなるとは、嬉しい限りじゃわい！」

「ふふ……だってヒューですもの、当然です」

「はは……」

豪快に笑う大公殿下と、嬉しそうに胸を張るメルザ。

僕はそんな二人を眺めながら、口元を緩めていた。

◇

「す、すごい……！」

軽く汗を拭いてから食堂に来ると、テーブルの上に所狭しと並べられている料理の数々に、僕は思わず感嘆の声を漏らした。

え、ええと……これって朝食、だよね……？

「ふふ、料理長が腕によりをかけて作ったんですよ？」

「そ、そうなんですね……」

「はっは、まずは席に着こうではないか」

大公殿下に促され、僕はメルザの向かい側に座った。

「では……ヒューゴ君、ようこそウッドストック家へ。そして、新たに家族となるヒューゴ君に……乾杯！」

「乾杯」

「か、乾杯」

大公殿下の音頭《おんど》によって、乾杯をする。

僕はといえばこんなことは初めてなので、緊張しながら同じように見よう見まねでグラスを持ち上げた。

「ヒュー、この鴨《かも》のテリーヌは料理長の得意料理なんです」

「そ、そうなんですね」

い、一応、テーブルマナーについても独学だけど勉強してきたから、だ、大丈夫だよね……？

「なんじゃヒューゴ君、動きが硬いぞ？」

「そ、そうでしょうか……」

「ふふ……ヒュー、緊張しなくても大丈夫ですよ」

あはは……どうやらメルザには全部お見通しらしい。

僕はたどたどしく鴨のテリーヌをナイフで一口サイズに切ると、口に運んだ。

「お、美味《おい》しい……」

「ふふ、でしょう？」

「はい！　うわあああ……こんな美味しいもの、生まれて初めて食べました……！」

いつもは硬いパンや、野菜くずしか入っていないスープばかりだったとはいえ、世の中にはこんなに美味しいものがあるんだな……。

僕は何度も噛《か》みしめてその味を堪能《たんのう》していると。

「…………………………」

「あ……ど、どうしました……？」

二人にジッと見られ、僕は思わずたじろいでしまう。

や、やっぱり僕のマナーがなっていなくて、不快な思いでもさせてしまったんだろうか……。

すると。

「ヒュー……こ、こちらの料理も美味しいですから！」

「そ、そうじゃそうじゃ！　これも食べるとよいぞ！」

「は、はあ……」

何故《なぜ》か二人が、鼻息荒く次々と料理を勧めてくるんだけど……。

そんな感じで、僕は二人に次々と料理を勧められるまま平らげる。でも、その全部が美味しくて、ひょっとしたらこれが最後の晩餐《ばんさん》になるんじゃないかと錯覚してしまうほどだった。

そして、食後のお茶がカップに注がれると。

「さて……ヒューゴ君、私に話したいことがあるんじゃないかの……？」

打って変わって険しい表情になった大公殿下が、話を振ってきた。

ひょっとして……。

チラリ、とメルザを見やると……彼女は真紅の瞳で僕を見つめながら、静かに頷《うなず》いた。

　本当に……あなたは……。

「……僕は、このウッドストック大公家で果たしたい目的があって、こうしてやってきました」

「ほう？　目的というのは何じゃ？」

「はい……」

　さあ、言おう。

　僕は……僕の目的を果たすために。

「……僕が、グレンヴィル侯爵家に……家族に復讐《ふくしゅう》をするために、ウッドストック大公家の力を手に入れることです」

　そう告げた後、僕は大公殿下の様子を窺《うかが》う。

　でも……もっと驚くかと思ったのに、大公殿下は僕をジッと見つめたままだ。

「ふむ……何故復讐したいのか、そして、この大公家の力を利用して何をするつもりなのか、詳しく話してくれんかの？」

「は、はい……」

　予想外の反応に少し面食《めんく》らってしまったが、気を取り直して僕は話した。

　実は僕が、既に六度も死に戻りをしていて、これが七度目の人生だということ。

過去六度の人生において、全て家族の手によって殺されてきたこと。

これまで一度も、家族としての扱いを受けたことがなかったこと。

メルザのおかげで分かったことだけど、僕には精神魔法がかけられていて、家族……グレンヴィル家に好意をもつように洗脳されていたこと。

「……僕は、六度目の死を迎える時に誓ったんです……もう、家族なんていらないと。絶対に、あの連中を奈落の底に突き落としてやるんだと……！」

そう告げた瞬間、僕は胸が苦しくて、思わずギュ、と胸倉を握りしめた。

少しでも、このつらさを紛らわすために。

「……そうか」

大公殿下は目を瞑《つぶ》り、一言だけそう告げた。

そして。

——ダアンッッッ！

「あの青二才めが！　この私が今すぐ、素っ首刎《は》ねてくれるッッッ！」

激昂《げきこう》した大公殿下が、テーブルを叩《たた》き折った。

「お祖父様……復讐を果たすべきはヒューです。私達はただ、彼を後押しするのみ」

「おう！　ヒューゴ君！　このシリル＝オブ＝ウッドストック、君の悲願を果たすため、全面的に支援をするわい！」

「あ……」

まさか、大公殿下からもこんな言葉をもらえるとは思わなかった。

だって僕は、この大公家の力を手に入れるためにやって来て、そのために、あなたの大切な孫娘であるメルザを利用して……。

「ヒュー……あなたは一人じゃないですから。あなたには、この私が、お祖父様《じい》が……家族がいますから……」

「メ、メルザ……」

いつの間にか傍《そば》に来たメルザが、僕を抱きしめてくれた。

そんな彼女の身体《からだ》が温かくて……僕のすさんだ心を包み込んでくれて……っ！

「ヒューゴ君、泣くでない。君はこれから、グレンヴィル侯爵家に復讐するのじゃぞ」

「あ……は、はい！」

大公殿下にたしなめられ、僕はグイ、と袖で涙を拭う。

「そうじゃ、それでいい」

そう言うと、大公殿下が口の端を上げた。

「さて……あやつ等《ら》に鉄槌《てっつい》を下すとして、どのようにするつもりじゃ？」

「はい……実は、考えていることがあります」

「ほう？」

僕は、過去六度の人生で知ったことを交え、二人に説明する。

まず、一度目と六度目で分かったことだが、あの父だった男はこのサウザンクレイン皇国を手中に収めようと画策していたこと。

そのための軍備を整えるため、武器の調達や傭兵《ようへい》の雇用、そして、必要な資金の確保などに奔走していたこと。

それと並行して、要人などの暗殺を行っていたこと。もちろん、それには一度目の人生で僕も加担していたことだ。

「……このようなことからも、あの男はクーデターを謀《はか》っていると思われます」

「なんと……」

僕の説明を聞いてすぐさまメルザを見るが、頷く彼女を見て大公殿下は声を失った。

信じられないのかもしれないが、メルザは僕の言葉が嘘じゃないと証明してくれたので、事実なのだと認めるしかない。

「それで……ヒューはどうするのがいいと考えているのですか？」

「はい。資金の確保と武器の調達、傭兵の雇用……これらに関して、動き出すタイミングが全て同じなんです」

「ほう……それはいつなんじゃ？」

大公殿下が身を乗り出して尋ねる。

「今から四年後の、皇立学院の卒業式の日の前後です」

そう……これは、二度目の人生の時、毒を飲まされて床でのたうち回っている中、ルイスが嗤《わら》いながら言ったんだ。

『ハハハ！　兄さんが俺の代わりに学院に通ってくれて、色々と動きやすかったよ！　そのおかげで資金調達にも目途が立って、ようやく連中と交渉のテーブルに着くことができるんだからな！』

『れ……連中……？』

『最後のはなむけとして教えてやるよ。俺と父上は、この皇国を手に入れるんだ！　そして、腐敗した世界を正してやるんだよ！』

ルイスが恍惚《こうこつ》とした表情で延々と語る様が、今も僕の目に焼き付いている。

「なら、連中の企《たくら》みを全て潰してやれば……」

「はい……クーデターの計画は潰され、グレンヴィル達は絶望の淵《ふち》から突き落とされることとなります」

メルザの呟《つぶや》きに、僕は強く頷きながら答えた。

「ですが、グレンヴィルは狡猾《こうかつ》な男。ただ未然に防いだだけでは、尻尾をつかませないでしょう」

「まあのう……誰か子、……つまり、下についておる伯爵家や子爵家あたりを身代わりにするじゃろうな……」

顎鬚《あごひげ》を撫《な》でながら、大公殿下が頷く。

「なので、これから皇立学院の卒業式までの間に、グレンヴィルのクーデターに関する証拠を全てつかみ、逃げられないようにした上で奈落へと叩き落としたいんです……！」

そうだ……その時こそが、アイツ等の最後の時だ。

あのグレンヴィル達の表情を、絶望へと変えてやる……！

「……大まかなことは分かったわい。となると、グレンヴィルに関する情報を、これから全て集めねばならんな」

「はい。僕も、過去六度の人生で知った情報の全てを共有いたします」

僕は二人に、グレンヴィルがクーデターに至るまでの道筋について詳細に説明した。

領地内にあるサファイア鉱山により莫大《ばくだい》な富を築き、グレンヴィルに資金提供を行った、ヘンリー＝アスカム男爵。

グレンヴィルに高額で武器や防具を調達した武器商人、ネイサン＝ハリス。

そして、グレンヴィル家に仕える騎士団に加え、手足となって汚い仕事を全て請け負っていたバルド傭兵団の団長、ドミニク＝バルド。

「……この三人こそが、グレンヴィルがクーデターを起こす上でのキーマンです。グレンヴィルがクーデターを起こす前に、その三人を押さえれば……」

「うむ。その三人についてはこの私に任せておくのじゃ」

そう言うと、大公殿下がゆっくりと頷いた。

「ふふ……それはいいとして、とりあえずの話もまとまったことですし、純粋にお茶を楽しみませんか？」

クスクスと笑いながら、メルザがそう提案した。

「はっは！　そうじゃったわい！　なにせヒューゴ君……いや、婿殿の歓迎会なのじゃからな！」

大公殿下が頭を撫でながら豪快に笑う。

そんな二人を見て。

「はは……あははは！」

僕は生まれて初めて、声を出して心から大声で笑った。

◇

「本当にお世話になりました」

ゲートを通って皇都にある大公殿下の別宅へ戻り、僕は大公殿下に深々と頭を下げた。

本当はあんな家に戻りたくはないけど、今回はあくまでもメルザとの顔合わせ。一旦は戻らないといけない。

「ヒューゴ君。君とメルの婚約式をすぐに執り行うよう、私がグレンヴィルと話をつける。じゃから二週間……いや、一週間だけ待つのじゃ」

「はい……それで、その……メルザは？」

「う、うむ……メルは君と離れるのがつらいらしくての。部屋に引きこもってしまっておる」

「そうですか……」

せめて帰る前にメルザの顔を見たかったけど、仕方ない、か……。

それに、婚約式さえ迎えれば、それからはずっと一緒にいられるんだ、少しくらい我慢しないと。

「では、失礼いたします」

大公殿下に見送られ、馬車はグレンヴィル侯爵家へ向けて出発……って。

「それで……なんでメルザが馬車に乗っているのですか？」

馬車の座席に座っているメルザを見て、僕は苦笑しながら尋ねる。

「ふふ……もちろん、あなたの婚約者ですから」

そう言って、ちろ、と舌を出しながら悪戯《いたずら》っぽく微笑《ほほえ》むメルザ。

そんな彼女が指差す先、窓の外へと視線を向けると……あ、大公殿下がウインクしながら親指を立てている……。

あはは……結局、大公殿下もグルでしたか。

「ですので、向こうの家でもどうぞよろしくお願いします」

そう言うと、メルザが咲き誇るような笑顔を見せてくれた。

◇

「……ここが、グレンヴィル侯爵家です」

僕達を乗せた馬車が、王都でもかなりの大きさのある屋敷に到着し、メルザにそう告げた。

なお、メルザは幻影魔法によってヴァンパイアの特徴である牙を隠している。

グレンヴィル家の連中にメルザの正体を知られてしまうことが一番の懸念《けねん》だったけど、僕の婚約者になる女性《ひと》はそんな魔法だって簡単に使えるのだから、本当にすごい。

「ふふ……それで、あの離れたところにある小さな屋敷が、あなたが育った場所なのですね……」

「はい」

僕が本邸で暮らしたことなど一度もないことを、話したからだろう。

メルザは本邸には一瞥《いちべつ》もくれずに、ただ離れの屋敷だけを見つめていた。

すると。

「ヒューゴ様！　お帰りなさ……い……っ⁉」

ただ一人出迎えに来たエレンは、僕の手を取ってゆっくりと馬車を降りるメルザを見て目を見開く。

「エレン……彼女はメルトレーザ。僕の、婚約者になる女性《ひと》だよ」

「メルトレーザ＝オブ＝ウッドストックです」

メルザは表情を一切変えることなく、抑揚のない声で静かに名乗る。

その姿は、現実離れした美しい容姿も相まって、どこか冷たさを感じさせた。

「あ……よ、ようこそお越しくださいました！　す、すぐに奥様達をお呼びいたします！」

エレンは慌てて頭を下げると、大急ぎで屋敷の中へと入っていく。

まあ、ウッドストック大公の宝ともいうべきメルザが来たんだ。粗相はできないからね。

「ふふ……客である私をこのように玄関で待たせるなんて、失礼なメイドですね」

「はは……」

御者が差す傘の中で、彼女は薄く笑った。

でも、その真紅の瞳には怒りの色が見え隠れしている。

……どうやら、エレンの言葉の中に悪意もしくは嘘を感じたんだろう。

そのまま数分待っていると。

「大変失礼いたしました……ようこそ、グレンヴィル家へ……」

現れた義母《はは》と弟のルイスは、恭《うやうや》しく一礼……って。

「……ルイス」

「あ……よ、ようこそお越しくださいました……」

ボーっとしていたところを義母にたしなめられ、慌てて頭を下げる。

というかコイツ、ひょっとしてメルザに見惚《みと》れていたのか……？

「メルトレーザ＝オブ＝ウッドストックです。ところで、グレンヴィル閣下のお姿が見えませんが……？」

「あ、あいにく夫は、外出しておりまして……」

メルザに低い声で尋ねられ、義母が冷や汗をかきながら答えた。

でも。

「……そうですか、ならば仕方ありませんが……おかしいですね？　先に我が大公家より、私のヒューが帰宅する旨《むね》を伝えるため使いの者を送ったはずなのですが。侯爵家では、長男の帰宅に際して、メイド一人しか出迎えないのでしょうか？」

「……使用人達には、きつく言い聞かせておきます」

「ハア……まあいいでしょう。それで、使いの者がお届けした手紙について、閣下はお読みいただいておりますでしょうか？」

溜息《ためいき》を吐《つ》きながら、メルザが問いかける。

僕も馬車の中で初めて聞かされたけど、僕とメルザの婚約をすぐにでも執り行い、それ以降は僕が大公家でお世話になるという内容の書簡をあらかじめ届けておいたらしい。

それも、それまでメルザがグレンヴィル家に滞在した上で、一週間後には一緒に向こうに戻る手筈《てはず》で。

「そ、それに関しては、夫に聞いてみないと……」

「……閣下はいつお戻りで？」

「つ、使いを出しておりますので、すぐにでも戻るかと……」

うん……立場も格も、完全にメルザが上だ。

まあ、所詮は男爵令嬢で、しかも父の元不倫相手でしかないのだから、当然といえば当然か。

「ヒュー、それまでゆっくりしたいですから、案内してくださいますか？」

「はい。では、どうぞこちらへ」

メルザの手を取り、離れの屋敷へと案内しようとすると。

「！　い、いえ、こちらへご案内いたします！」

義母は慌てて本邸へメルザを通そうとする。

「ヒューは普段、こちらの本邸で過ごされているのですか？　昨日ヒューにお伺いした時は、離れの屋敷だと……」

「あ、そ、それは……」

彼女が首を傾《かし》げながらそう告げると、義母は言い淀《よど》んだ。

「メルザ、僕はいつもどおり離れにいるから、君は本邸へ……」

「そんなの嫌です。私は、ヒューと一緒がいいのですから」

口を尖《とが》らせ、メルザはプイ、と顔を背けた。

その反応を見て、顔を青くしたのが義母だ。

まさかウッドストック大公の孫娘を、今まで僕が暮らしていた、何の手入れもされていない離れの屋敷に住まわせるなんて真似《まね》をするわけにはいかないだろうからね。

「も、もちろん！　ヒューゴも長男なのですから、本邸で過ごしてもらいますとも！」

はは……僕が本邸に一歩でも足を踏み入れるたびに、鞭《むち》で足を叩《たた》くくせに。

「だそうですが……ヒュー、どうしますか？」

「……すいませんメルザ。僕は、本邸は遠慮いたします」

そう言ってかぶりを振ると。

「身の程も弁《わきま》えずに我儘《わがまま》を言っていないで、あなたも本邸に来るのです！」

そんな僕の態度が気に入らなかったのか、義母はいつもの口調で声を荒らげてしまった。

メルザの目の前だというのに。

「……失礼ですが、今のヒューへの……我が夫となる御方《おかた》への言葉は、どういう意味ですか？」

「あ……」

凍えそうなほど冷たい声でメルザがそう告げた瞬間、義母は自分の失態に気づいて顔を引きつらせた。

「……なるほど。これではヒューも、心が休まりそうにありませんね。私もヒューと一緒に離れにおりますので、閣下がお戻りになられたらお声がけください」

「そ、それでしたらこの俺がエスコートいたしますよ」

割って入ってきたルイスに、僕は思わず顔をしかめる。

……コイツは何を言っているんだ？

この僕がいるのに、なんでオマエがそんな真似をする必要があるんだよ。

「ふふ……心よりお断りさせていただきます。もちろん、ついてこないでくださいね？では行きましょう、ヒュー」

「ええ」

肩を震わせてうつむく義母と眉根を寄せて僕を睨《にら》みつけるルイスを尻目に、僕とメルザは離れの屋敷へと向かった。

◇

「……本当に、失礼な人達ですね」

離れの屋敷へと向かう途中、メルザは吐き捨てるようにそう言った。

「すいません、メルザ……」

「！　ヒューが謝ることではありません！　……ですが、あなたはこんな程度では済まされないほどの仕打ちを、ずっと受け続けていたのですね……」

「………………」

……こうなることは分かっていたから、できればアイツ等《ら》には会わせたくなかったんだけど……。

「それにしても、兄の婚約者に対して色目を使うなど、恥知らずもいいところですね」

「重ね重ね、申し訳ありません……」

ああ……穴があったら入りたい気分だ。

確かにメルザは最高に綺麗《きれい》だけど、まさかあそこまで節操がないなんて、思いもよらなかった。

するとは思えません」

「本当に……ヒューはこんなに素晴らしくて素敵な人なのに、とても同じ血が流れている

正面に立ったメルザが、僕の顔をまじまじと見つめながらそんなことを言う。

「はは……僕も、半分とはいえ同じ血が流れているなんて、思いたくないです」

「ヒュー……」

メルザが寄り添い、僕の頬をそっと撫《な》でてくれた。

「ふふ……血ではないのだとしたら、やはりその違いは魂の差、なのでしょうね」

「ありがとうございます……」

ああ……本当に、あなたという女性《ひと》は……。

そして、離れの屋敷に到着するというところで。

「ヒュ、ヒューゴ様！　今すぐご案内いたします！」

後ろから必死に駆けてきたエレンが僕達に追いつき、扉を開けて中へと通した。

「……モリーの姿が見当たらないようだが？」

「そ、その、後程呼んでまいりますので、まずは応接室へどうぞ！」

はは……応接室って、あの部屋のことを言ってるのかな。

誰も僕に会いに来る者なんかいないということで、物とほこりが散乱している、あの部屋を。

まあいいや。いざとなったら、唯一まともな僕の部屋へ案内しよう。

ということで、エレンの後に続いて応接室に到着すると。

「っ⁉　あ、も、もう少々お待ちを……」

顔を引きつらせながら愛想笑《あいそわら》いを浮かべ、エレンが応接室の中に入ってしまった。

「……メルザ、ここは放っておいて、僕の部屋へご案内します」

「はい……」

僕とメルザは呆《あき》れた表情を浮かべながら、僕の部屋へと向かった。

「ここが、あなたがいつも過ごした場所なんですね」

部屋に入るなり、メルザはまじまじと中を見た。

「あはは……本当に、何もない部屋ですが」

「いいえ、ここには、確かにあなたの匂いが……温《ぬく》もりが、息づいています」

机にそっと触れながら、彼女が口元を緩める。

「メルザ、こんなところに連れてきてしまい、申し訳ありません……」

侯爵邸に着いてからの不手際《ふてぎわ》の数々に、僕は深々と頭を下げた。

「ヒュー、お願いだから謝らないでください。あなたの過ごしたこの部屋に一緒にいるだけで、私はここに来た甲斐《かい》がありました」

僕の唇に人差し指を当てながら、彼女がニコリ、と微笑《ほほえ》む。

そんなメルザが愛《いと》おしくて、僕は彼女の手を取ると。

——ちゅ。

その透き通るような白い手に、そっと口づけをした。

「ふふ……そのようにされてしまいますと、愛しいあなたの血が欲しくなってしまいます……」

「僕の血でよければ、いくらでも差し上げますとも」

メルザは僕の首に腕を回し、その桜色の唇を首筋へと近づけ……。

——コン、コン。

「失礼いたします」

仏頂面《ぶっちょうづら》をしたモリーが、図々《ずうずう》しくも頭も下げずに入ってきた。

ハア……なんて間の悪い……。

「……なにか?」

メルザは邪魔をされただけでなくモリーがこんな態度なものだから、かなり不機嫌だ。

そして、ここでようやくメルザがいることに気づき、慌てて頭を下げる。

「あ、い、いえ……ヒューゴ様が私をお呼びだとお聞きしましたので、お伺いした次第《しだい》です」

「……あなた、名はなんとおっしゃるのかしら？」

「あ、ヒュ、ヒューゴ様の乳母《うば》を務めておりました、侍従のモリーと申します」

「そう……乳母まで務めたような者が、彼の婚約者であるこの私の目の前でそのような態度を取るのですか。本当に、この侯爵家はどうなっているのでしょうか」

メルザに睨まれ、恐縮するモリー。

でも、最初に入ってきた時のあの態度。

ひょっとしたら横領に関する証拠を処分でもして、気が大きくなっているのかもしれないな。

まあ、今となっては僕に関係ないが。

「ああ……ま、間に合いませんでしたか……」

続いて部屋にやって来たエレンが、険しい表情のメルザと小さくなっているモリーを見て肩を落とした。

「エレン、どうした？」

「あ、はい……応接室と、メルトレーザ様にお泊まりいただくお部屋の準備が整いましたので、ご案内に……」

「……ヒュー、行きましょう」

メルザが右手を差し出したので、僕はそっと手を添える。

そして、縮こまるモリーを無視し、僕達はエレンの後についていった。

「メルトレーザ様のお部屋は、こちらになります」

案内された部屋は、僕の部屋から一番遠い部屋だった。

「……どうしてヒューの部屋からこんなに離れているのですか？」

「そ、その……ルイス様の指示で、『二人に間違いがあるといけないので、できる限り部屋を離すように』と……」

アイツ……。

「……私の部屋は、ヒューの部屋の隣にしてください」

「は、はい！」

ですよね、と言わんばかりに、エレンは勢いよく首を縦に振った。

「で、では、もうまもなくお館様がお戻りになると連絡がありましたので、応接室でしばらくお待ちくださいませ」

僕達を応接室に連れてくると、エレンは逃げるように立ち去った。

術者と愚者

——コン、コン。

「し、失礼します……」

あれから僕とメルザは綺麗になった応接室で談笑していると、ノックをしてエレンがおずおずと入ってきた。

「お館様が帰宅なさいました、のですが……」

「……どうかしたのか？」

歯切れ悪くそう告げたエレンに、僕は訝《いぶか》しげに尋ねる。

「お館様から、メルトレーザ様との顔合わせは夕食の時に……それと、ヒューゴ様に執務室へ来るようにとのお言伝《ことづて》でございます」

「そうか、分かった。下がっていいよ」

「……失礼します」

エレンがそそくさと退室するのを見届けると。

「ヒュー……」

「はは……多分、ウッドストック大公家に上手《うま》く取り入ることができたかどうかの確認をしたいんだと思います」

心配そうに見つめるメルザに、僕は苦笑しながらそう答えた。

元々、僕は大公家を乗っ取る目的で身売りされた立場だ。なら、それが成功する見込みがあるか、あのグレンヴィル侯爵が確認をしてくるのは当然ともいえる。

「とにかく、すぐに戻ります」

「あ、少々お待ちください」

立ち上がって応接室を出ようとすると、メルザが呼び止め、僕の上着のポケットに紙片を一枚入れた。

「ええと……これは？」

「結界魔法陣を描いた紙です。これがあれば、あの程度の精神魔法なら受け付けません」

そうだった。あの連中に僕は洗脳されていたんだから、再び精神魔法をかけたとしてもおかしくない。

特に、メルザから離れた時には。

「……メルザ、ありがとうございます」

「いえ……お気をつけて」

「はい」

メルザに見送られ、今度こそ僕は応接室を出て本邸へと向かう。

すると。

「……ルイス」

「やあ、兄さん」

まるで待ち構えるかのように、ルイスが本邸の玄関の前で僕に話し掛けてきた。

「はは、アレがウッドストック大公の孫娘かあ……あんなに美人なら、この俺が大公家に身売りするんだったかな」

「……彼女は僕の婚約者になる女性《ひと》だ」

コイツは何を言っているんだろうか。

本当に……いくら洗脳されていたからとはいえ、どうして僕はこんな奴にまで認めてほしいだなんて思ったんだろうか。

「……父上がお呼びなんだ。失礼する」

「…………………………」

これ以上コイツの相手をしている暇はない。

サッサとあの男の用件を済ませて、メルザのところに戻ろう。

本邸の中に入ると。

「ヒューゴ様、ご案内します」

執事長が出迎え、僕を執務室へと連れて行く。

――コン、コン。

「お館様、ヒューゴ様をお連れしました」

「入れ」

執事長が扉を開け、僕は中へと入る。

「それで……首尾は？」

机に向かって座る父……グレンヴィル侯爵は、僕を一瞥《いちべつ》するなり単刀直入に聞いた。

「はい。おかげさまで、メルトレーザ嬢の好意を得ることに成功し、ウッドストック大公も僕を信頼している様子です」

「……そうか。その結果が、今回のメルトレーザ嬢の突然の訪問、というわけか」

グレンヴィル侯爵の言葉に、僕は無言で頷《うなず》いた。

「ふむ……確かにウッドストック大公からも、速やかに正式な婚約を済ませたいとの申し出もある。それに加え、お前がウッドストック家に移り住むようにとの要望もな」

「…………………………」

「大公の要望どおり、一週間後に教会で両家による婚約式を執り行うこととする。そして、お前が大公家に移る際には、エレンを同行させよう」

「分かりました」

うん……グレンヴィル侯爵が大公殿下の申し出を受け入れることも、エレンが一緒に大公家に来ることも、予測していたことだ。問題ない。

「うむ。では、下がってよい」

「……失礼します」

恭《うやうや》しく一礼し、執務室を出る。

「ふう……」

扉に寄り掛かり、深く息を吐くと。

「ヒューゴ様、お疲れさまでした！」

笑顔のエレンが、僕を待ち構えていた。

「どうしたの？」

「いえ、私も本邸でたまたま、用事がありましたので、一緒に離れに戻ろうかと思いまして」

へえ……僕と一緒に、ねえ……。

「いいよ、じゃあ行こうか」

「はい!」

エレンは嬉《うれ》しそうに僕の隣に並び、一緒に本邸を出て離れの屋敷へと向かう。

その途中。

「ヒューゴ様……」

突然、エレンが僕にしなだれかかってきた。

「……これは、どういう意味だい?」

「いえ……ヒューゴ様がメルトレーザ様と結ばれるのは、本当に素晴らしいことなのですが……少し、寂しくなりまして……」

愁《うれ》いを帯びた表情で、エレンが静かに告げる。

僕の背中を、ゆっくりと撫《な》でながら。

「……父上が一週間後の婚約式を終えた後、ウッドストック大公家に入る際にはエレンも同行させると言っていた。後程、そのことについてエレンにも話があるだろう」

「！　ほ、本当ですか！」

僕の正面に立ち、エレンは顔を上気させて嬉しそうにはにかむ。

「ああ。だからエレン、これからも頼むよ」

「はい！」

元気よく返事をすると、エレンは急に軽い足取りで歩き出した。

はは……前の人生でエレンが間者だということを知っていなかったら、ひょっとしたら僕は、彼女の演技に騙《だま》されて好きになっていたかもしれない。

ただ、そうか……。


僕に精神魔法をかけて洗脳していたのは、エレン……オマエだったんだな。

◇

「では、私はこれで失礼……っ⁉」

離れの屋敷の応接室の前、エレンが深々とお辞儀をして立ち去ろうとしたところで、彼女は顔をしかめながら応接室の扉を見つめた。

「？　どうした？」

「あっ！」

その様子が気になったので、応接室の扉の前に近づくと。

「……私には話なんてありませんので、どうぞお引き取りを」

「ハハ、そんなこと言わないでくださいよ。俺達、家族になるんですから」

……不機嫌なメルザの吐き捨てる言葉と、失礼極まりないルイスの横柄《おうへい》な声が聞こえてきた。

――ガチャ。

「！　ヒュー！」

僕は無言で応接室に入ると、パアア、と笑顔を見せるメルザは打って変わって嬉しそうに僕の名前を呼んでくれた。

「……ルイス、今まで一度も離れに足を運んだことがないオマエが、一体何の用だ」

「やだなあ兄さん。新しい家族になるメルトレーザ様と仲良くなりたくて、こうやって来たんじゃないか」

低い声で尋ねると、ルイスは肩を竦《すく》めた。

「へえ……父上は夕食の際に顔合わせを、と言っていたのに、オマエはそれを無視するんだな。エレン」

「あ、は、はい……」

「僕が不在の時に勝手にルイスがメルザに会いに来たと、今すぐ父上に伝えてこい」

「っ！　……兄さん、いいの？　逆に叱られるのは兄さんだと思うけど？」

エレンに指示を出すとルイスは一瞬息を呑《の》んだが、逆に僕に脅しをかけてきた。

「構わない。それと、今回の件は大公殿下にももちろん伝える」

「…………………………チッ」

これ以上はまずいと思ったのか、ルイスは舌打ちをして応接室から出て行った。

「……エレン、何をしている。早く父上のところに行くんだ」

「で、ですが……」

「もし伝えないなら、夕食の時に直接話すまでだ」

「……かしこまりました」

そこまで言うと、エレンは渋々といった様子でようやく父上の元へ向かった。

「……メルザ、本当にすいません」

「ふふ、大丈夫ですよ。あのような輩《やから》がウッドストック大公の孫娘である私に手出しできるはずがありませんし、万が一そのようになっても、ヴァンパイアの私に敵《かな》うはずがありませんから」

傍《そば》に来たメルザが、頭を下げて謝る僕の顔を覗《のぞ》き込みながら微笑《ほほえ》んだ。

「ですが……あのルイスという男は、あなたの婚約者である私に対して、邪《よこしま》な感情でいやらしい視線を向けてきました。なので、ヒューは責任を取って私を気分よくしてください」

そう言って、メルザが僕の胸にしなだれかかり、頬ずりをする。

「ええ……僕にできることなら何でも」

「ふふ、言いましたね？　でしたら……ヒューに膝枕をしてほしいです」

「膝枕、ですか……」

それくらいお安い御用だけど、それだと僕にとってもご褒美《ほうび》みたいになってしまうな。

じゃあ。

「キャッ！」

僕はメルザをお姫様抱っこすると、そのままソファーへと運ぶ。

「メルザって華奢《きゃしゃ》で軽いんですね」

「でしたらよかったです……」

ゆっくりとソファーに下ろし、僕の膝へそのままメルザの頭をのせた。

「ふふ……ヒューの太もも、温かいですね……」

「それはよかった」

その艶やかな黒髪を、優しく撫でる。

「ところで……グレンヴィル侯爵とはいかがでしたか……？」

「はい……」

僕は、グレンヴィル侯爵とのやり取りなど、メルザと別れてからここに戻ってくるまでの一連の出来事について説明した。

「……そうですか。あのメイドが……」

「ええ……さりげなく僕の背中に触れてきましたので、まず間違いないかと。それに、思い起こせばこれまでも似たようなことがありましたし……」

そう……メルザが発見してくれた精神魔法の残滓《ざんし》は、背中にあった。

つまり、この背中に触れることでメルザの言う術式を構築していたということだ。

「……精神魔法もさることながら、私のヒューの背中に触れるなんて、いい度胸ですね」

恐ろしく冷たい声でそう呟《つぶや》くメルザ。

……その前にエレンがしなだれかかってきたことは、黙っておこう。

「今から考えれば、ルイスと途中で出くわしたのは、僕がメルザから離れるのを見計らっていたのでしょう……」

「ハア……キモチワルイ」

うん……僕も、あんなのが血の繋《つな》がった弟だなんて……無理。

なのに、洗脳のせいで前の人生の自分は尽くしていたんだよなあ……。

「……とにかく、グレンヴィル侯爵も一週間後に婚約式を執り行うことについて賛同したんです。あと一週間、絶対にヒューにつらい思いなんてさせませんから」

メルザは胸の前で両手の拳を小さく握った。

「僕もです。メルザに嫌な思いをさせないよう、絶対に守ってみせますから」

そうだとも。ルイスの奴がどれだけちょっかいをかけてこようが、全部僕が追い払ってみせる。

そのためには。

「なのでメルザ。これからはずっと、僕の傍にいてください。ルイスが近づく隙もないほどに」

「あ……ふふ、それは素晴らしいですね……」

メルザは嬉しそうに微笑むと、僕の手を取って頬ずりをした。

夕食会と思い出の庭園

「ヒューゴ様、メルトレーザ様、夕食の準備が整いました」

メルザと談笑している中、エレンが僕達を呼びに来た。

ハア……またあの連中と顔を合わせないといけないのか……。

「ふふ。ヒュー、明日の朝から婚約式の間までは、この離れで食事をすることにしましょうね？」

僕の顔を覗き込んでそう告げた後、メルザがチラリ、とエレンを見る。

すると、エレンは一瞬だけ顔をしかめるが、すぐに元の表情に戻った。

「では、まいりましょう」

「ええ」

メルザの手を取り、エレンの後に続いて離れの屋敷から外に出る。

「あ……今日の月も綺麗《きれい》ですね」

空を眺めながら、メルザがポツリ、と呟く。

「はは……食事が終わって離れに戻ったら、あなたを連れて行きたいところがあるんですが……」

「まあ、そうなんですね。楽しみです」

僕の提案に、メルザがニコリ、と微笑んだ。

ちっぽけな場所ではあるけれど、メルザが喜んでくれるといいな……。

「こちらです」

本邸の中に入り、食堂へ来ると。

「「「…………………」」」

既に来ていた義母《はは》、ルイス、アンナが無言で僕達を見る。

ただし、その視線は三者三様だけど。

義母は忌々《いまいま》しげに僕を睨《にら》み、ルイスは言わずもがなねめつけるようにメルザを見て、アンナは僅かに嘲笑を浮かべていた。

そして、早速この家の者共はやらかした。

「メルトレーザ様、こちらの席へ」

本邸のメイドが椅子を引いた場所は、義母の向かい側……つまり、グレンヴィル侯爵に最も近い席だった。

「……それは、どういう意味ですか？」

当然だけど、メルザはメイドを睨みつけて問い質《ただ》す。

「あ……そ、その、身分が最も高いメルトレーザ様を上席とするようにと……」

そう言って、メイドがチラリ、と義母を見た。

ああ……義母なりに気を遣ったつもりらしいけど、こんなの完全にはき違えているだろう。

「ヒューはこのグレンヴィル侯爵家の長男、そして、私の婚約者……いえ、いずれウッドストック大公の後継者となる人ですよ？　なのに、そんな彼を差し置いてこの私が上席に座るなど、常識がなさすぎるのでは？」

メルザは凍えそうなほど冷たい視線を義母へと向ける。

返答次第では、ただではおかないと言わんばかりに。

「……ですがメルトレーザ様、このグレンヴィル家の後継者はこちらのルイスであり、あなたはまだヒューゴの婚約者ではありません。ならば、ヒューゴがそのような席に座る資格はないかと」

へえ……いつもヒステリーを起こすだけで頭の回らない義母にしては、口が滑らかじゃないか。

まあ、誰かが入れ知恵したんだろうけど、それは悪手だよ。

「……今の言葉、ヒューを私の婚約者にと誰よりも望んでいる、祖父の願いをないがしろにするという意味ですね？」

「っ⁉　い、いえ、そのようなことは……！」

「同じですよ、そして、グレンヴィル家は皇国の武を司《つかさど》るウッドストック大公家を甘く見ているということもよく分かりました」

「………………………」

当然、こうなることは明白だ。

ここに至ってようやく気づいたのか、義母は顔面蒼白《そうはく》になっている。

すると。

「申し訳ありません、メルトレーザ様。母は喜んでいただくため、気持ちが空回りしてしまったみたいです」

アンナが立ち上がり、胸に手を当てて頭を下げた。

フン……そういえば、アンナはこういう性格だったな。

常に周りの評価を気にして淑女然として振る舞うけど、その実、誰よりも人を蔑んでいる。

それは、僕だけじゃなくて実の母や兄に対しても。

でも。

「そのような上辺だけの謝罪など受け取るつもりはありません。そもそも、末席に座るあなたに、どうしてそのような権利がおありで？」

「っ⁉　……いえ、出過ぎた真似《まね》をいたしました」

唇を噛《か》み、アンナは顔を伏せて席に座る。

大体、人の悪意や嘘を見抜く能力を持つメルザに、そんな振る舞いが通用するはずがない。余計に不快にさせるだけだ。

その時。

「……どうしたのだ、一体」

遅れてやって来たグレンヴィル侯爵は、場の異様な雰囲気に気づいて誰ともなく尋ねる。

「お館様、その……」

執事長が耳打ちしながら、グレンヴィル侯爵に今起こったことを説明した。

「……そうか。メルトレーザ殿、妻達が失礼しました」

「……いえ。それで、私とヒューはどのように座ればよろしいでしょうか？」

「もちろん、ヒューゴが上席、その隣がメルトレーザ殿です」

「それを聞いて安心しました」

メルザはニコリ、と微笑《ほほえ》むと、僕達はようやく席に座る。

「では、食事を始めよう。メルトレーザ殿、ようこそグレンヴィル家へ」

グレンヴィル侯爵がグラスを掲げたのを合図に、楽しくもない夕食が始まった。

なお、さすがにメルザというお客がいるので、テーブルには豪華な食事が並ぶ。

会話もなく静かに食事が進む中、沈黙を破ったのはルイスだった。

「それにしても……メルトレーザ様の食事をする姿、惚《ほ》れ惚《ぼ》れするほど素晴らしいですね。できれば、絵画に収めたいほどに」

「そうですか」

そんな絶賛する言葉を、興味ないとばかりに切って捨てるメルザ。

まあ、能力のない僕でも分かるくらい、下心が見え見えだからね。

「うふふ……ルイスお兄様、ひょっとしてメルトレーザ様に見惚《みと》れてしまわれたのですか？」

「ハハ……さすがにそこまで節操がないわけではないさ」

……コイツ、どの口が言っているんだろうか。

僕がいないのを見計らって、メルザしかいない応接室に乗り込んできたくせに。

「……ルイス。ヒューゴとメルトレーザ殿がいる間、お前は離れに近づくことを一切禁じる。肝に銘じておけ」

「……はい」

グレンヴィル侯爵にそう言い放たれ、ルイスは眉根を寄せながらうつむいた。

どうやらエレンは、ちゃんと伝えたみたいだな。

そうして、これまでの人生であれほど望んでいたはずの家族団らんの夕食会は、ピリピリした雰囲気のまま終了した。

◇

「……本当に、すいません」

夕食会を終えて離れの屋敷へと戻ると、僕はただひたすらメルザに謝罪していた。

「謝らないでください、ヒュー。あなたは何も悪くないではないですか」

「で、ですが、さすがにアレは目に余ります……」

「まあ……それは……」

食堂に来てすぐにあったひと悶着《もんちゃく》を思い出し、メルザも言い淀《よど》んだ。

それくらい、あの連中のしたことは礼に欠けるものばかりだったんだから。

「ヒュー、もう夕食会のことは忘れましょう。それよりも、食事を終えたら連れて行ってくださるとおっしゃっていましたが……」

そう言うと、メルザが期待するような瞳で僕を見る。

「そうでしたね。でしたら、今日は暖かくて夜風が心地よいので、メルザがお風呂《ふろ》から上がった後、涼みに行きましょうか」

「はい！」

僕は部屋のベルを手に取り、チリン、と鳴らす。

「お呼びでしょうか！」

「すまないが、これからメルザがお風呂に入るので、すぐに支度をするように」

「承知しました！」

まるで待ち構えていたかのようにエレンが素早く現れたので用件を伝えると、敬礼をして勢いよく飛び出して行った。

こ、この反応は一体……。

「ふふ……おそらく、グレンヴィル侯爵に何か言われたのでしょう。彼女に恐れのような感情の色が視《み》えましたから」

「そうなんですね……」

うん……僕も、メルザには変な感情を抱かないようにしないと……。

絶対に嫌われたくないからね……。

「あ……ふふ、ヒューは感情を隠すのが苦手ですね……」

メルザがしなだれかかり、僕の顔を覗《のぞ》き込む。

その真紅の瞳を潤ませながら。

「あはは……その、吸い、ます？」

「……本当は、一か月に一度で充分足りるはずなのですが……どうしても、ほんの一口でも、と求めてしまいます……」

そう言うと、メルザが僕の首筋に顔を近づけて。

「はむ……ん……んく……」

牙を突き立てると、こくん、と可愛《かわい》く喉を鳴らし、彼女はすぐに離れてしまった。

「？　もういいのですか？」

「はい……このままですと、ヒューが枯れてしまうまで飲んでしまいそうですし……」

「あ、あはは……さすがにそれは勘弁してほしいかな……」

頬を赤く染めながら恥ずかしそうに告げるメルザに、僕は思わず苦笑した。

すると。

――コン、コン。

「メルトレーザ様、お風呂の準備が整いました」

エレンが部屋へメルザを呼びに来た。

「ふふ……では、少しだけ行ってまいりますね」

「ええ、待っています」

そうして、僕はエレンと一緒に部屋を出るメルザを見送った。

◇

「ふう……お待たせしました」

一時間後、メルザが頬を上気させながら戻ってきた。

その綺麗《きれい》な長い黒髪も、ほんのり湿っていてより艶やかに見える。

「？　ヒュー、どうかしましたか？」

「あ、い、いえ……」

駄目だ……お風呂上がりのメルザが色っぽくて、いやらしい感情でメルザを見てしまう……。

「ふふ……あなたは私の婚約者なのですから、構いませんのに……むしろ、その眼差《まなざ》しは好ましいですよ……?」

「あう……」

うう……そんな艶っぽい声で言われてしまうと、変なことばかり想像してしまう……。

「メ、メルザ！　では、行きましょうか！」

僕はそんな邪《よこしま》な雑念を振り払うためにかぶりを振ると、勢いよく立ち上がって彼女にそう告げた。

「ふふ……ええ、お願いします」

クスクスと笑うメルザの手を取り、僕は部屋を出て目的の場所へと向かう。

そして。

「ここが……」

「はは……全然大したところではないんですけどね……」

僕達は、庭園へとやって来た。

「……ここは、僕がつらい時、悲しい時、苦しい時、そんな時に来ては心を癒やしていた、たった一つの場所なんです」

「そうなんですね……」

「はい……本当の母上が、いつも訪れていたそうです……」

母上も、悲しくてつらくて、苦しい時にここへ来ていたんだろうか……。

ふと、そんなことを考えていると。

「……ヒューが大公家に住む際には、同じ庭園を作りましょう」

僕に肩を寄せ、メルザがそうささやいた。

「はは……大公家に行けば、メルザと大公殿下が……家族がいますから、慰めはいらないかもしれませんが……ですが、ありがとうございます……」

「あ……も、もう……そうやってヒューは、私を喜ばせてばかりなんですから……」

そう言って少し恥ずかしそうにするメルザの透き通るほど白い肌が、月明かりに照らされ、僕の瞳にさらに青白く映る。

それは、あまりにも幻想的で、とてもこの世のものとは思えないほど美しくて……。

「メルザ……僕は、あなたに出逢《であ》えて本当に幸せです……」

「ふふ……私こそです。私のこれまでは、あなたに出逢うための布石だったのかもしれませんね……」

僕達は肩を寄せ合いながら、夜空に輝く下弦の月を眺めていると。

――ひゅう。

風が吹き、メルザの黒髪がたなびいて僕の耳をくすぐった。

「……風邪をひくといけませんから、そろそろ戻りましょうか」

「あ……私は大丈夫ですよ？」

「いえ、一週間後に大事な婚約式が控えているんです。メルザの体調第一ですよ？」

もう少しここに居たそうなメルザに、そう言って諭す。

「……分かりました。ですが、明日もここに連れてきてくださいますか……？」

「ええ……もちろんです」

渋々ながら納得してくれた彼女の手を取り、僕達は屋敷の中へと戻る……んだけど。

「あれは……」

「ルイス……ですね……」

屋敷の玄関で、周りの様子を窺《うかが》いながら、中へと入っていくルイスの姿があった。

アイツ……グレンヴィル侯爵にあれほど釘《くぎ》を刺されたのに、まだこんな真似《まね》をするのか……。

「……とにかく、どのような行動をするのか跡をつけてみましょう」

「ええ……」

僕達はルイスの奴に気づかれないよう、慎重に尾行する。

だけど、ルイスの動きはお粗末極まりなく、あれでは誰かに見つけてくれと言わんばかりの様子だった。

そして。

「っ⁉　ル、ルイス様⁉」

案の定、屋敷の者……侍従のモリーに見つかった。

「っ！　馬鹿！　静かにしろ！」

「むぐっ⁉」

慌ててモリーの口を塞ぐルイス。

というか、コイツは何をしたいんだ……。

「……いいか、よく聞け。オマエはこの俺を見なかった。いいな？」

「……（コクコク）」

有無を言わせないとばかりに低い声で告げられ、モリーは何度も頷《うなず》いた。

でも……モリーは口の端を僅かに上げている。このことが、後々モリーにとって有利になると判断したんだろう。

ひょっとしたら、横領の件についてルイスにフォローしてもらおうとでも考えているのかもしれないな。

「よし……行っていいぞ」

「し、失礼します……」

解放されたモリーは、ほくそ笑みながらそそくさとその場を立ち去った。

「ふう……危ない……」

汗を拭う仕草をすると、ルイスは気を取り直して階段を上っていく。

僕達も同じく階段を上がるが……三階まで来た、ということは……。

「……私の部屋に来た、ということでしょうか……」

メルザが苦虫を噛《か》み潰したような表情で呟《つぶや》く。

ハア……これじゃ、夜這《よば》いをしているのと一緒じゃないか……。

そして、僕の部屋から一番遠い部屋の扉に手を掛け、中に入っていった。

そういえば、ルイスはメルザの部屋をその部屋にするように、エレンに指示をしていたんだったな……。

メルザの部屋じゃないと分かったからか、ルイスはすぐに出てきて、今度は僕の部屋のあるほうへと歩いて行く。

その時。

「……ルイス様、このようなところで何をしていらっしゃるのですか？」

「っ⁉」

低い声で尋ねる一人のメイド。

それは……エレンだった。

「……エレン。メルトレーザの部屋はどこだ？　どうして指示どおり、メルトレーザの部屋をあの男から一番遠い部屋にしていないんだ？」

まるで、メルザがいなかったのはオマエのせいだとでも言わんばかりに、ルイスはエレンに詰め寄る。

自分が夜這いをしに来たことは棚に上げて。

「ルイス様、あなたはお館様からこの離れに近づかないよう、指示をされたはずですが？」

「聞いているのは俺だろう！　サッサと答えろ！」

わざわざ忍び込んでいるのに、既に二人に見つかった上に大声を出すなんて、コイツは本当に何がしたいんだろうか……。

「……ヒュー。こんなことをあなたに言うのは大変心苦しいのですが……彼は、根本的に足らないのではないかと……」

少し憐憫《れんびん》を湛《たた》えながら、メルザがおずおずとそう話す。

うん……何が足らないかを言わない時点で、メルザの優しさを感じる……。

「ハア……」

盛大に溜息《ためいき》を吐《つ》いたかと思うと、エレンはス、と廊下の先を指差した。

そこは僕の部屋の隣……つまり、メルザの部屋だ。

「チッ……最初からそうしていればいいんだ」

「…………………………」

舌打ちをしてメルザの部屋を目指すルイスの背中を忌々《いまいま》しげに睨《にら》みつけながら、エレンもその場から立ち去った。

「……二人共、本当に最低だな」

「……ええ」

僕達はルイスがメルザの部屋へと忍び込んだのを見届け、その扉の前に立って呟いた。

すると。

——メキ。

「え……？」

あまりのことに、僕は呆《ほう》けた声を漏らした。

だって……メルザが扉のノブを握った瞬間、完全に潰してしまったのだから。

「ふふ……明日の朝、そこで無様に醜態をさらすのですね」

恐ろしく低い声で嗤《わら》いながら、メルザは扉を見つめている。

「そ、その……メルザ……？」

「あ……こ、これはその……」

この時になって、僕が隣にいることに思い至ったようで、彼女は握り潰された扉のノブを隠すように立ち、手をわたわたとさせた。

そんな焦《あせ》った表情や仕草、その全部がとても愛《いと》おしく思えて。

「プ……あはははは！」

「……ヒ、ヒュー、その……」

「ああ、すいません。やっぱり僕の婚約者は、可愛《かわい》らしい方だなあ、と」

「あう⁉　そそ、そんなこと！　……もう」

僕のそんな言葉で余計に恥ずかしくなってしまったのか、メルザは口を尖《とが》らせてプイ、と顔を背けてしまった。

もちろん、そんな姿も可愛くて仕方ない。

なので。

「あ……」

「メルザ……あなたのこんな可愛らしい一面を見れて、僕は本当に嬉《うれ》しく思います。これからも、あなたのそんな姿をたくさん見せてください」

そう告げながら、僕は彼女の艶やかな黒髪にそっと触れた。

「ヒュ、ヒューが同じように私に可愛らしい姿を見せてくださったら、その……考えなくもありません」

そう言って、顔を真っ赤にするメルザを見て、僕はまたクスクスと笑ってしまった。

「あはは……とりあえず、これでは今夜はこの部屋で寝ることができませんので、そ、その……僕の部屋で、一緒に……」

「あ……ふふ、ぜひ」

僕は熱くなった顔を気づかれないように少し顔を逸《そ》らして手を伸ばすと、メルザが自分の手を僕の手に添えて一緒に僕の部屋に来た。

なお、メルザの部屋からは激しく扉を叩《たた》く音が聞こえるけど、当然無視だ。

そして、僕達は一緒にベッドの中に入る……んだけど。

「………………」

「…………………………」

うう……やっぱり、緊張する……。

だって、一度は同衾《どうきん》したとはいえ、その……こんなに綺麗《きれい》なメルザと身体《からだ》を寄せ合いながら、一緒のベッドに入っているんだから……。

「ヒュー……その、緊張しますね……」

「はい……た、試しに聞いてみます？」

僕はそんなことを言いながら、彼女の顔をそっと胸に寄せた。

「あ……ヒューの胸が、とくん、とくん、って鳴ってます……」

「ええ……あなたに緊張して、僕の心臓が高鳴っているんです」

「で、でしたら、私の心臓の音も、聞いてみますか……？」

「ええ⁉」

メルザの予想外の提案に、僕は驚きの声を上げた。

「むむ、無理です！　僕がメルザの胸に耳を当てるなんて⁉」

「あう⁉　そ、そうでした⁉」

どうやらメルザもそれがどういうことなのか気づいたみたいで、真っ赤になった顔を両手で覆って隠してしまった。

「と、とりあえず寝ましょうか……」

「そそ、そうですね……」

僕達は気まずい雰囲気のまま、掛け布団《ぶとん》を被《かぶ》った。

「そ、その……メルザ、おやすみなさい」

「え、ええ……おやすみなさい、ヒュー」

そして、僕達はどちらからともなくお互いの手を握り、高鳴る心臓を抑えながら、何とか眠りについた。

侯爵の激昂《げきこう》

次の日の朝、ルイスがメルザの部屋に閉じ込められている状態で発見され、離れの屋敷……いや、グレンヴィル侯爵家全体が大騒ぎになった。

当然だ。

僕の婚約者になる女性《ひと》で、あのウッドストック大公殿下の孫娘であるメルザの部屋に、あろうことかルイスは夜這いをかけようとしたんだ。

このことが大公殿下……いや、世間に知られれば、場合によっては侯爵家そのものが信用を失墜させて没落することは目に見えている。

何より、こんな真似《まね》をしでかしたルイスは、もう貴族としては終わりだろう。

「……これは、どういうことだ？」

メルザの部屋から救出され、目の前で正座をしているルイスを、グレンヴィル侯爵が鋭い視線で見下ろしている。

「こ、これは……そう！　俺は兄さんに呼ばれて離れに来たら、この部屋に閉じ込められてしまったんだ！　父上からもきつく言われていたから断ったんだけど、兄さんがどうしてもって言うから仕方なく……」

はは……どうやらこの馬鹿、僕のせいにするつもりらしい。

確かに、大公家に行く前の境遇だった僕なら、その手は充分通用しただろう。

だけど……今の僕はメルザの婚約者となる者で、ここにはそのメルザ本人もいる。

つまり、このことをメルザが大公殿下に伝えた時点で、その嘘の真偽は関係なく、グレンヴィル家は窮地に立たされるということに気づいていない。

「……侯爵閣下。私はたまたまヒューの部屋におりましたから事なきを得ましたが、一歩間違えていれば、あなたのもう一人のご子息に穢《けが》されてしまうところでした。この責任、どうなさるおつもりですか？」

「……誠に、申し訳ありません……」

グレンヴィル侯爵は、ギリ、と歯噛《はが》みしながら深々と頭を下げた。

もはや、この状況をどうこうする術《すべ》を持ち合わせていないのだろう。

「謝罪なんていりません。それよりも、この獣以下の者の処分を含め、どのようになさるのかをお聞きしているのです」

メルザは冷たい視線を向けながら、グレンヴィル侯爵に問いかける。

「……ルイス」

「ち、父上！　信じてください！　俺はそんなことを……「黙れッッッ！」……っ⁉」

激昂したグレンヴィル侯爵に怒鳴りつけられ、ルイスは驚いて思わず仰《の》け反る。

「貴様は北の塔で無期限謹慎だ！　連れて行け！」

「ま、待ってください！　父上……父上えええええ！」

グレンヴィル侯爵の指示を受けた騎士が、暴れるルイスを引きずってこの場から離れていった。

「それとっ！　やすやすと侵入者を許し、満足に屋敷の管理もできん者なぞ、我が侯爵家には不要！　責任者のモリー以下、離れの屋敷におった者は全員クビだッッッ！」

「っ⁉　お、お待ちください！　ど、どうかお考え直しください！」

「黙れ！　こやつ等《ら》も全員敷地の外に放り出せ！」

続いてモリー達使用人数人も、同じく屋敷から追い出された。

はは……まあ、モリーに関しては横領が見つかってもっと酷《ひど》い目に遭わされるよりはましかもな。

「此度《こたび》のこと、このジェイコブ＝グレンヴィル、心より謝罪申し上げます……貴様等も頭を下げんかあっ！」

「っ！　ま、誠に申し訳ございません！」

「申し訳ございませんでした！」

侯爵に怒鳴られ、この場にいた義母《はは》やアンナ、執事長からメイドに至るまで、一斉に膝をつき首《こうべ》を垂れて謝罪する。

「ハア……大公家から使用人を呼び寄せますので、これから婚約式までの間、侯爵家の方々は一切この離れの屋敷に立ち入らないでください。もちろん、屋敷の外でも、私達に会話も、接触もなさらないでください。それが謝罪を受け入れる条件です」

「……承知しました」

溜息《ためいき》を吐《つ》きながらメルザの突きつけた条件に、グレンヴィル侯爵は首肯した。

「皆の者、聞いたであろう。ならば、即刻この場から立ち去れッッッ！」

「「「は、はい！」」」

グレンヴィル侯爵の号令と共に、義母、アンナ、使用人全員が蜘蛛《くも》の子を散らすように大慌てで去って行った。

「……では、私も失礼します」

「ごきげんよう」

深々と頭を下げるグレンヴィル侯爵に、メルザは手をヒラヒラさせながら、素っ気なくあしらった。

そして……この離れの屋敷には、僕とメルザだけが残った。

「ふふ……これでようやく落ち着くことができそうです」

「で、ですが、新たに大公家から使用人を呼ぶ、ということですが……」

「ええ。既に皇都の屋敷で皆が待ち構えていると思いますので、使いを出して一時間もしないうちに来ると思います」

そう言うと、メルザはクスリ、と微笑《ほほえ》んだ。

どうやら、こんな事態になることはあらかじめ想定していたみたいだ。

「あはは……だったら僕にもそう教えてくだされればよかったのに……」

「いえ、私もここまで愚かだとは思っていませんでしたし、ヒューが私のことを守ってくれることも分かっていましたから、杞憂《きゆう》に終わるかとも思ったんですが……」

……それを言われると、僕も返す言葉がない。

僕だって、ここまで節操がないだなんて思わないし……。

「ふふ……皆が来るまで朝食はおあずけのようですので、そ、その……もう少し、部屋でゆっくりいたしましょう……」

メルザが上目遣いで僕の顔を覗《のぞ》き込みながら、おずおずとそんな提案をした。

もちろん、僕もその提案に否《いな》やはない。

「あはは……じゃあ、行きましょう」

「はい！」

メルザの手を取り、僕達は部屋へと戻った。

通じ合った想《おも》い

「うう……緊張する……」

ルイスが夜這《よば》いなんて馬鹿な真似をして幽閉されてから一週間。

いよいよ、僕とメルザの婚約式が執り行われる日となった。

この一週間はグレンヴィル侯爵が家の者に対して僕達との接触を一切禁止したため、離れの屋敷で僕とメルザは楽しく過ごせた。

何より、ウッドストック大公家から使用人が来てくれたことで、メルザが穏やかにいられたことが大きい。

そのおかげで、メルザはたくさんの笑顔を見せてくれて、僕も嬉《うれ》しい。

で、僕は婚約式が行われる教会に向かう馬車の中で一人、無事に式が執り行われるか、そわそわしっぱなしだったりする。

「ハア……こんな時、メルザの笑顔でも見ればすぐに落ち着くんだけど……」

窓の外を眺め、僕は溜息を吐く。

さすがに婚約式ということで、教会まではメルザと逢《あ》えないことになっていて、今日は朝から一度もメルザを見ていない。

何より。

『ふふ……明日、ヒューの素敵なお姿を拝見できるのを楽しみにしていますね』

昨日の夜、メルザから告げられたこの一言が、余計に僕にプレッシャーを与えている原因ではあるんだけど。

だけど。

「あはは……元々、グレンヴィル侯爵家に復讐《ふくしゅう》するためにウッドストック大公家に……メルザに近づいたはず、なんだけどね……」

そう呟《つぶや》いて、僕はクスリ、と笑った。

だって、復讐の炎は僕の中で今も燃えてはいるものの、それと同じくらい……いや、それ以上にメルザへの想いが強くなっている。

それに……僕は気づいたことがある。

「……メルザに、ちゃんと僕の気持ちを伝えたことが、ない……」

そう……メルザには『幸せだ』とか、『君に出逢えてよかった』とか、そういった感謝の言葉などはよく伝えるけど、肝心の僕のメルザへの想いに関して、口に出したことがないんだ……。

もちろん、メルザは僕の気持ちに気づいていると思う。

というか、悪意や嘘が見抜ける彼女だ、だったら好意や愛情についても見抜けない理屈はない。

「でも……絶対にメルザは僕の言葉を待ってる、はずなんだ……」

メルザは優しいし、僕の復讐のことも分かっているから、あえてその言葉を求めたりはしない。

だからって、それを言葉にしないと彼女だって不安なままのはず。

だから……今日、彼女に伝えるんだ。

僕の、この想いを。

◇

「…………………………」

教会の祭壇の前。

式を執り行う大司教様が見守る中、僕はメルザがやって来るのを、固唾を呑《の》んで待っている。

あの扉が開かれると、メルザは大公殿下にエスコートされて僕の元へ来るんだ……。

すると。

――ぎい。

ゆっくりと扉が開かれ、光と共に純白のドレスとヴェールに包まれたメルザとタキシード姿の大公殿下が姿を現した。

ウッドストック大公家、グレンヴィル侯爵家ゆかりの面々が見守る中、赤いカーペットの上を二人はゆっくりと歩き、僕の前で止まった。

「……婿殿、メルをよろしく頼む」

「はい……お任せください」

僕は跪《ひざまず》き、メルザの手を取る。

「ヒュー……」

ヴェールから覗くメルザは、これから誓う相手である女神グレーネすらも足元に及ばないと思えるほど、綺麗《きれい》で、輝いていて……。

「コホン」

あはは……メルザに見惚《みと》れていたら、大司教様に咳払《せきばら》いをされてしまった。

でも、これはメルザが美しすぎるから仕方ない。

「では……恵みに富みたもう女神グレーネよ。聖なる摂理によって、この兄弟と姉妹とは、互いの愛と理解のもとに将来結婚する意志を表明し、いま女神グレーネと証人の前で婚約の誓いをなそうとしています……」

大司教様は、婚約式の祈祷《きとう》を厳かに告げる。

「……ヒューゴ＝グレンヴィルとメルトレーザ＝オブ＝ウッドストック、あなたがたはいま女神の御前で婚約するにあたり、今後の交わりを女神と人との前で清く正しく保つことを誓いますか？」

「誓います」

「誓います」

僕とメルザは一緒に頭を下げる。

「女神グレーネよ、今この二人を聖なる誓いのもとに、婚約させてくださいましたことを感謝いたします。願わくは、その信仰と志とを守り、その交際と生活とを清め、いよいよ深い愛と理解とに進ませてください。また、やがて許されて結婚をする時まで、天来の祝福を豊かに受ける者とさせてください。女神グレーネの御名《みな》によってお祈りいたします

「……」


これで……僕とメルザは、無事に婚約した。

彼女は正真正銘、僕の婚約者だ。

さあ、告げよう。

この誓いの時に相応《ふさわ》しい、僕の想いを。

「メルザ……僕は、ただ失望と絶望しかなかったこれまでの人生で、その求めていたもの全てを諦めました……」

「ヒュー……？」

僕の言葉を聞き、一瞬メルザが不思議そうな表情を浮かべるけど、雰囲気を察した彼女は改まって姿勢を正した。

「そんなこれまでの人生を捨て去るために、僕は……あなたに近づいた」

「……………………」

「するとどうだろう……こんな最低な僕を、暗がりの中であなたが照らしてくれたんです。温《ぬく》もりを与えてくれたんです……」

「そ、それはヒューも同じです……！」

「あはは、まあ聞いてください……僕は確かに、あの時に救われました。それと同時に、僕の中であなたという存在が誰よりも大きくなりました。それは、これから先もずっと」

僕はすう、と息を大きく吸う。

たった一言の、大切な言葉を告げるために。

「メルザ……あなたが好きです。愛しています」

「っ！」

真紅の瞳を見開き、メルザが息を呑んだ。

そして。

「ヒュー！　私もあなたが好きです！　愛しています！　こんな私を受け入れてくれて、求めてくれて！　あなたの優しい眼差《まなざ》しが好きです！　あなたの優しい声が好きです！　私に捧《ささ》げてくれる、その想いが何よりも愛《いと》おしいのです……っ！」

その綺麗な紅《あか》い瞳から涙をぽろぽろと零《こぼ》し、感極まったメルザはゆっくりと僕の手を握った。

そんな彼女とおでこを合わせ、僕達はお互い涙でくしゃくしゃの顔で微笑み合う。

——お互いの想いが通じ合った、その幸せの瞬間を享受して。

◇

「グス……ふふ、こんな婚約式の場で、ヒューに泣かされてしまいました……」

まだ涙が止まらないメルザが、ちろ、と舌を出しておどけながらそうささやく。

うん……そんな仕草も、表情も、全てが愛おしくて仕方ない。

「あはは……メルザを泣かせるのはこの僕の特権です。もちろん、嬉し涙以外は認めませんが」

「でしたら、私はおばあちゃんになるまでに、どれだけあなたに泣かされるのでしょうか？」

「さあ……でも、これだけは誓います。そんな嬉し涙の数以上に、君をたくさん笑顔にしてみせると」

「ふふ……もう」

「コホン」

あはは……また大司教様に咳払いをされてしまった。

「では、お二人はこのまま皆様の祝福を受けながら退場なさってください」

「大司教様、ありがとうございました」

「ありがとうございました」

僕とメルザは大司教様に向けて恭《うやうや》しく一礼すると、赤いカーペットの上を通って教会を後にする……んだけど。

「ふふ……お祖父《じい》様ったら、あんなに号泣されてますね……」

「それは当然ですよ。あなたの幸せを、誰よりも望んでいたのは大公殿下なのですから」

多分、大公殿下は行方不明のメルザのご両親に代わって、メルザを幸せにしようと頑張ってこられたのだろう。

だからこそ、メルザのことを誰よりも支えられる者を見つけようと躍起になっていたのだろうから。

「……でしたら、お祖父様もこれで安心してくださいますね」

「ええ……絶対に、僕があなたを幸せにしてみせますから」

「はい……」

僕の肩に頬を寄せるメルザ。

そんな彼女を見つめていると……はは、こんな場でも義母《はは》は忌々《いまいま》しげに僕達を見るんだな。一応、アンナは外面《そとづら》だけは整えているみたいだけど。

なお、当然ながらここにルイスの姿はない。

こんな公の場に恥知らずなアイツがいたら、それこそグレンヴィル侯爵家の家門に泥を塗ってしまうからね。

とはいえ、僕が大公家に入った瞬間、その謹慎は解除されるんだろうけど。

「ヒューゴ様！　おめでとうございます！」

そんなグレンヴィル侯爵家側で唯一、祝福の言葉を送っているのがエレンだった。

彼女も、僕と一緒に大公家に入ることになっている。

本来なら、モリー達が解雇された時に同じ処分を受けることになるはずなのに、何故《なぜ》か彼女だけは一切のお咎《とが》めがなかった。

まあ、エレンはグレンヴィル侯爵の間者だし精神魔法の使い手でもあるから、つまりはそういうことなのだろう。

「それにしても、この後両家で晩餐《ばんさん》……ということにならずに済んで、よかったですね」

「ええ……さすがに、お祖父様も一緒の場であの男の話題になったら、それこそ侯爵家が終わってしまいますから、賢明な判断だったと言えるのではないでしょうか？」

普通なら、婚約式の後は親族や他の貴族達への披露を兼ねて晩餐会が行われるものだけど、グレンヴィル侯爵家側から辞退の申し出があったのだ。

さすがにルイスの話題が出た場合、夜這《よば》いの件が大公殿下に露見する危険性を考えれば当然ではあるんだけど。

そのため、今日は大公家のみのささやかな晩餐会……いや、大公殿下のことだから相当豪華な晩餐会を催すつもりなんだろうな……。

ということで。

「さあ、帰りましょうヒュー。私達の家へ」

「はい」

微笑《ほほえ》みながら差し出したメルザの綺麗な手に、僕はそっと口づけをした。

見つけてくれた

■メルトレーザ＝オブ＝ウッドストック視点
——私は、生まれながらにして〝怪物〟だと知った。

ウッドストック大公家の後継者である父、ニコラス＝オブ＝ウッドストックと母、エルトレーザ＝オブ＝ウッドストックの間に生まれた。

でも、物心ついたころには父も母もおらず、私はお祖父様に男手一つで育てられた。

無骨な性格のお祖父様のことです。私をこうやって大きく育てるのには、相当の苦労をなされてきたでしょう……。

私はお祖父様から愛情をたくさん注がれ、すくすくと成長した。

それに伴い、私の歯も同じように少しずつ伸びてゆき、八重歯程度だったものが牙と呼べる長さになった。

子ども心に、鏡に映った自分の牙が他のみんなと違うことに、それなりに感じるところがあったけど、その理由について知ったのは十歳の時。

私はお祖父様から、人間の父とヴァンパイアの母の血を引く、混血のヴァンパイアであることを告げられた。

それと併せて、お母様が記した日記を手渡された。

お祖父様の話では、この日記は私が一歳の誕生日を迎えてすぐ、当時戦争中だったオルレアン王国への遠征で行方不明になってしまったお父様を捜しに、お母様が捜索に向かう際に託されたものらしい。

日記を受け取り、中身に目を通すと……それは日記とは名ばかりの、ヴァンパイアに関して記されたものだった。

私は日記を熟読し、ヴァンパイアについての全てを知った。

そして……これまでほんのちょっとの血を見ただけでも、自然と喉が鳴っていた理由を知った。

私はヴァンパイアとして、血を欲しがっていたのだと。

私は……人間の血を求める、〝怪物〟なのだと。

大公家の使用人達は、元々お母様がいた頃から仕えている者達ばかりなので、私がヴァンパイアの混血であっても奇異な目で見る者はいなかった。

でも、そんな私が自分を〝怪物〟なんだと心から認識したのは、十二歳の時。

それは、お祖父様が私の縁談相手として用意した、伯爵家の三男の方との面会でのことだった。

「ヒイイ!?　バ、バケモノッ!?」

この時、未来の伴侶となる御方《おかた》に隠すわけにはいかないと、私は自分が混血のヴァンパイアであることを明かし、その証拠となる牙を見せた際の反応がこれだった。

その方は目を見開き、後ずさり、踵《きびす》を返して部屋から飛び出して行った。

要は、私が怖かったのだ。

〝怪物〟である、この私が。

その後も、お祖父様が用意した子爵家の三男も、男爵家の次男も、同じように恐怖に顔を引きつらせながら私の前から逃げ出した。

悪意と打算に満ちた目で私を見る者達も、さすがに〝怪物〟はお断りとのこと。

しかし私がヴァンパイアであることを知られてはいけないので、お祖父様が手を回し、その縁談相手の姿を皇国内で見た者はいなくなった。

その結果、私とウッドストック大公家によからぬ噂《うわさ》が飛び交う結果となった。

こうなってしまっては、もはや私に縁談を申し込むような貴族家は一つもない。

ですが……私はこれでよかったと思っていました。

だって、これで私は悪意や嘘を向けられることはないから。

もう……私は、傷つけられることはないから。

最初の縁談相手との面会から約一年後、お祖父様が懲りもせずにまた縁談を持ってきた。

結果なんて、目に見えているのに。

ただ、この時のお祖父様は少し違った。

聞くところによれば、その縁談相手は例の噂を知った上で、私との婚約を望んでいるとのことだった。

それに加え、お祖父様自身もその御方を気に入ったらしい。

「メル……今回で最後じゃ。もし今回駄目じゃったら、もうこのようなことはせぬ……」

あの無骨なお祖父様が、泣きそうな表情で私にそう告げた。

お祖父様が、ご自身がいなくなった時のことを考え、私を守ってくれる殿方を傍《そば》に置きたいと考えていることも理解している。

だから……私はそんなお祖父様の頼みを断れなかった。

それから一週間後。

私の前に、一人の殿方がお見えになられた。

「……グレンヴィル侯爵家が長男、ヒューゴ＝グレンヴィルと申します」

——それが、私の最愛の人、ヒューとの出逢《であ》いだった。

◇

「……ふふ」

「？　メルザ、どうしましたか？」

お祖父様との稽古を終えたばかりのヒューを見つめながら思い出し笑いをしていると、彼は不思議そうに私の顔を覗《のぞ》き込んだ。

ふふ……本当に彼は愛《いと》しくて、素敵な御方です。

実際、彼のどうしようもない弟……ルイスと比べても天と地ほどの差があり、その……ヒューはかっこよくて……。

「ヒュー、私は幸せですよ？」

「はは、それは僕の台詞《せりふ》です。あなたと出逢ったことで、僕はどれほど幸せか分からないんですよ」

「そうですか？」

「ええ。それこそ、今の僕にとってはあれほど僕の心を焦がし続けた復讐《ふくしゅう》の二文字が、あなたの存在で霞《かす》んでしまうほどに」

「あ……」

壮絶な人生を送ってきたヒューにとって、復讐というものがどれほど彼の心を占めているのか、この私はよく理解している。

でも……それよりも、私の存在があなたの中で大きくなっているのですね……！

「うわ⁉」

「ヒュー……ヒュー……ッ！」

「メルザ……」

感極まって飛び込んだ私を、ヒューは優しく抱き留め、この黒髪を撫《な》でてくれた。

ああ……ヒュー……。

あの暗がりの中で、息を潜めながら一生を終えると思っていた私に、光を照らしてくれたあなた。

渇き切っていた私の心に、潤いを与えてくれたあなた。

ヒュー。

私を見つけてくれて、ありがとう。

一年の時を経て

「ぬうっ⁉」

大公殿下が上段から放った渾身《こんしん》の一撃を木剣の刃先で受け流すと、僕はそのまま大公殿下の持つ木剣を滑らせる。

「甘いわ！」

大公殿下は、その人間離れした膂力《りょりょく》で木剣を弾《はじ》き、開いた僕の脇の下目がけて横薙《な》ぎに放った。

「ふっ！」

それを僕は地面すれすれまで身体《からだ》を反らして躱《かわ》し、そのまま流れるように木剣をかち上げると。

――ピタ。

「……はっは、参った」

その白く立派な顎鬚《あごひげ》に触れる寸前で木剣を止め、大公殿下は降参した。

「ヒュー！　お疲れ様でした！」

僕と大公殿下の稽古を日陰から眺めていたメルザが笑顔で駆け寄って来て、ハンカチで汗を拭ってくれた。

「はは……ありがとうございます、メルザ」

「ふふ、本当にお強くなられましたね」

「いやはや……よもや一年そこそこでこの私が一本を取られるまでになるとは、驚きじゃわい……」

そう言って、大公殿下が苦笑しながら頭を掻《か》く。

「はい……それもこれもこの一年間、大公殿下が親身になってこの僕を鍛えてくださったおかげです。本当に、ありがとうございます」

僕は、大公殿下に向かって深々と頭を下げた。

一年前にこのウッドストック大公家で正式に暮らすことになったあの日、僕はメルザを守るために誰よりも強くなると誓った。

その想《おも》いを大公殿下は汲《く》んでくださり、僕を徹底的に鍛えてくださった。

それこそ、一度目の人生での暗殺者としての修練など、児戯に等しいと思えるほどに。

でも、大公殿下のその指導の一つ一つが僕を強くするのだと、厳しさと優しさで溢《あふ》れていた。

そして。

「ふふ……当然ですよ、お祖父様《じい》。だって、私のヒューですもの」

扇で口元を隠しながら、メルザがクスクスと笑う。

そう……守るべき大切な女性《ひと》が、ずっと傍で見守ってくれて、支えてくれたから、どれだけ厳しくてもその厳しさすら心地良いと感じることができた。

そんな大切な二人の家族がいたからこそ、僕はここまで強くなれたんだ。

「うむうむ、さすがはこの私が見込んだ婿殿じゃ」

「お祖父様……何をおっしゃっているのですか？　ヒューは、この私が最初に見初めたんですよ？」

顎鬚を触りながら笑顔でウンウンと頷《うなず》く大公殿下に、メルザが絶対零度の視線を向ける。

そんな彼女に、大公殿下はただ慄《おのの》くばかりだ。

「それよりも、これで稽古も終わりなのですから、早く制服を試着してみましょう！」

そう言って、メルザが僕の腕を引っ張る……って。

「制服、もう仕上がったのですね」

「ふふ、先程お店の者が屋敷に届けにまいりました」

そうか……まあ、来月の頭には皇立学院に入学するんだから、このタイミングで出来上がるのも当然か。

「はっは。なら二人共、早く制服を試着して見せてくれ」

「「はい！」」

僕はメルザの手を取り、制服を試着しに向かった。

すると。

「あ！　ヒューゴ様、メルトレーザ様、お待ちしておりました！」

型崩れしないよう、制服一式をハンガーに吊《つ》るしていたエレンが、パアア、と笑顔を見せる。

彼女も、一年前の僕が大公家に入る時に一緒にこの家にやって来たわけだけど、要領がいいのか、大公家の使用人達とは上手《うま》くやっているようだ。

というか、グレンヴィル侯爵家を油断させる上でも、間者であるエレンの存在は大きいからね。

大公家の乗っ取りが順調だと、ちゃんと報告してもらわないと。

「ふふ……では、お互い着替え終わったら見せ合いっこしましょうね？」

「もちろん！」

ということで、僕とメルザは分かれて制服を試着する……んだけど。

「……エレン、悪いけど外に出ていてくれるかな」

「ヒューゴ様、私は既にあなた様の裸すら拝見した間柄でございます。今さら恥じらいなど不要です」

……どうやらエレンは、一切引くつもりはないらしい。

何故《なぜ》ここまで僕の着替えにこだわるのか分からないけど、もう面倒なのでそのまま着替えることにした。

「……ヒューゴ様、本当にたくましくなられましたね……」

僕の上半身をまじまじと見ながら、エレンがポツリ、と呟《つぶや》いた。

まあ……あの皇国最強の武人、シリル＝オブ＝ウッドストック大公殿下に鍛えられたからね……。

「そ、その……さ、触ってみてもよろしいでしょうか……？」

「断る」

エレンが顔を上気させ、荒い息遣いでそんなことを言ってきたので、断固拒否した。

こ、これがメルザだったら、その……大歓迎ではあるけど。

とにかく、これ以上長引かせたら面倒なことになりそうなので、僕は素早く制服に着替えた。

そして。

「…………………………」

「…………………………」

制服姿を見た瞬間、お互いに声を失った。

メルザはどうか分からないけど、少なくとも僕は、メルザのあまりの美しさに見惚《みと》れていたから。

はあ……いつものドレス姿もいいけど、メルザは制服ですらもその美しさを際立《きわだ》たせてしまうのですね……。

「そ、その……ヒュー……素敵、です……」

もはや至福の溜息《ためいき》しか出ない僕に、メルザが上目遣いでおずおずとそう告げた。

「本当に……最高に素敵なのはメルザですよ。学院に通うことになったら、他の男共があなたに汚《けが》らわしい視線を送るかと思うと、全員の目をくりぬいてやりたくなります」

「あ……ふふ、私も他の令嬢達がヒューに懸想《けそう》してしまうのではないかと、気が気でなりません……」

どちらからともなく、僕達は手を取り合って微笑《ほほえ》むと。

「ウオッホン」

そんな僕達に、大公殿下が盛大に咳払《せきばら》いをした。

「……お祖父様、なんでしょうか？」

う、うわあ……メルザ、すごく怒ってるよね……。

そんなメルザの絶対零度の圧力を受けて怯《ひる》むも、大公殿下が気を取り直して僕の前に来た。

「婿殿……お主は私の宝であるメルを守るためと、この一年間の修練でよくぞこの私を超えた」

「あ……は、はい！」

真剣な表情でそう告げる大公殿下に、僕は改まって姿勢を正して返事をした。

「これ」

「はっ」

大公殿下は傍《そば》に控えていた騎士に声をかけると、一振りのサーベルを受け取った。

「これは、極東の国にある刀を、皇国の柄《つか》と鞘《さや》でしつらえたサーベルじゃ。これを持って、どうかメルを生涯守ってくれ」

大公殿下から差し出されたサーベルを、膝をついて両手で恭《うやうや》しく受け取った瞬間……

僕は、サーベルの重量以上の重みを感じた。

大公殿下の、孫娘であるメルザへの想いの重みを。

「はい……このヒューゴ＝グレンヴィル、必ずや愛するメルザを守り抜いてみせます」

「うむ……託したぞ、婿殿」

そう言うと、大公殿下は嬉《うれ》しそうに微笑んだ。

皇立学院

「メル、本当に大丈夫かの？　何かあれば、すぐに私に言うのじゃぞ？」

いよいよ皇立学院へ入学する当日、玄関まで見送りに来た大公殿下がオロオロしている。

「ふふ……お祖父様、大丈夫ですよ。私にはヒューがついておりますから」

「う、うむ、そうなんじゃが……」

クスクスと笑いながらメルザがなだめるけど、それでも不安なものは不安らしい。

あはは……本当に、大公殿下は身内にはとことん甘いなあ。

「大公殿下、僕が絶対にメルザを守りますのでご安心ください。それに、今日は入学式。来賓席で僕達を見守っていてください」

「う、うむ、そうじゃな！　じゃが……」

「もう！　私達は他の方々と違って王都の屋敷から通うのですから、いい加減に受け入れてくださいませ！」

とうとう見かねたメルザが、大公殿下を叱った。

メルザの言ったように、本来は皇立学院の生徒である子息令嬢達は、卒業するまで全員寄宿舎で生活することが義務付けられている。

なのに、メルザと僕だけ特別に屋敷から通うことを認められたのだから、異例中の異例と言えるだろう。

「はは……今日は入学式と、担任の教授と生徒達との顔合わせだけですから……」

「そ、そうじゃのう……婿殿、くれぐれもメルのことを頼むぞ？」

「はい、お任せください！」

泣きそうな表情で懇願する大公殿下に向け、僕は胸を叩《たた》いた。

それに、大公殿下の計らいで僕とメルザは同じクラスになっているしね。

「『では、行ってまいります』」

「う、うむ！　入学式の会場で会おうぞ！」

まるで今生の別れとでもいうかのように、大公殿下が必死に手を振っている……。

「ハア……お祖父様にも困りものですね……」

「はは……ですが、それだけメルザを大切に想《おも》っている証拠ですから」

「それはそうですけど……」

もう一度、窓から大公殿下をチラリ、と見やると、メルザはまた溜息を吐《つ》いた。

「ですが……ふふ、こうやってヒューと二人で学院に毎朝通えるのは嬉しいですね……」

「ええ、僕もです」

メルザの白い手を握り、僕は微笑む。

過去六度の人生では、二度目の時にルイスの替え玉でしか通うことができなかった皇立学院に、僕は最愛の女性《ひと》と一緒に通うんだ。こんな幸せなことはない。

「ところで……当然、あなたの弟も一緒に机を並べることになる、のですよね……」

「はい……」

僕達は、顔を見合わせて肩を落とした。

腹違いの弟であるルイスとは年齢が半年しか違わないため、同級生という扱いになる。

またアイツがいやらしい目でメルザを見るのかと思うと……。

「……うん、いざとなったらアイツは消そう」

「ふふ……駄目ですよヒュー。ちゃんと復讐をするのですから、最後まで取っておかないと」

クスリ、と微笑むメルザにたしなめられ、僕は思わず苦笑した。

「ふふ……ヒューが復讐を果たすその時が来るまでは、学院生活を満喫しましょうね？」

「もちろんです。僕はメルザとの学院での生活を楽しみにしていたのですから」

「ええ……私もです……」

僕はメルザの手を取り、微笑みながらずっと見つめ合っていた。

◇

「あ！　見えてきました！」

馬車の窓から、僕達が通うこととなる皇立学院の学舎が姿を見せる。

さすがは先帝陛下……つまり大公殿下の兄君が威信をかけて設立しただけあり、威風に満ちた様相をしている。

そして。

「では、降りましょうか」

「ええ」

馬車が学院前に到着し、先に降りた僕はメルザの手を取って彼女を馬車から降ろした。

「さあ、どうぞ」

「ふふ……ありがとうございます」

メルザが日に焼けないよう傘を差し、僕達は学舎へと向かう。

はは……他の子息令嬢がまじまじと僕達を見てるし。

「……あの令嬢方、私のヒューにこのような視線を……不快ですね」

「いやいや、僕のメルザをねめつけるような視線で見つめる、子息連中こそどうにかすべきです」

全く……いくらメルザが美しすぎるとはいえ、さすがにそのような視線を送ってくるのはどういう了見だよ……。

しかも、学院に入学してくるのだから全員十五歳以上、つまりは成人を迎えていて半数以上は既に婚約者がいる身だろうに……。

「……この国の貴族達は、節操というものがないのか」

「……本当です。ですがそれが対比となって、いかにヒューが誠実で素晴らしいかということがよく分かりますね」

「それを言うならメルザこそです。女神も羨むほど綺麗《きれい》なのに、あなたは僕だけを見てくれるのですから……」

本当に……七度目の人生を始めてから、僕はなんて幸せなんだろうか。

「あ……ふふ、そのような表情で見つめられてしまいますと、私も我慢できなくなります……」

頬を紅《あか》く染め、メルザが真紅の瞳を潤ませて僕を見つめた。

「はは……すいませんが、それは屋敷に帰るまでお預け、ですからね？」

「もう……意地悪……」

ほんの少し口を尖《とが》らせ、メルザがプイ、と視線を逸《そ》らしてしまった。

うん、こんな仕草も可愛《かわい》くて仕方がない。

すると。

「へえ……そなたが、ウッドストック卿《きょう》の令孫かな？」

爽やかな笑顔を振りまきながら、ウェーブのかかった金色の髪と金色の瞳をした美青年が話しかけてきた。

そして僕は、この男を知っている。

サウザンクレイン皇国の第二皇子で、僕達と同級生となる男。

――アーネスト＝フォン＝サウザンクレインを。

第二皇子

僕の知るアーネスト＝フォン＝サウザンクレインは、まさに皇子と呼ぶに相応《ふさわ》しい振る舞いをする男だった。

皇国の有力貴族家の一つ、アーバスノット伯爵家出身である第二皇妃との間に生まれたこの第二皇子は、常に温和で笑顔を絶やさない印象があった。

もちろん、この学院内においても身分や階級に関係なく、分け隔てなく接し、傲慢な態度を見せることはなかったと記憶している。

なので、学院内……いや、皇国内において絶大な人気を誇っており、第一皇子と第二皇子とで、皇位継承をめぐって皇国が荒れたことがあった。

まあ……その時は内乱寸前まで行って、僕も一度目の人生の時に暗殺者として第一皇子派のグレンヴィル侯爵に色々と働かされたっけ……。

そういえば、二度目の人生で替え玉としてこの学院に通っていた時は、何故《なぜ》か僕……というかルイスを避けていたふしがあったけど、それも派閥が影響していたのかもしれないな。

「……サウザンクレインの星、アーネスト第二皇子殿下にご挨拶申し上げます」

とはいえ、ここで第二皇子について詮索していても埒《らち》が明かないので、僕は臣下の礼を取り首《こうべ》を垂れた。

「ええと……君は？」

「はい。グレンヴィル侯爵家の長男、ヒューゴ＝グレンヴィルと申します」

「……そうか。グレンヴィル卿に男子がもう一人いるとは、初耳だな……」

僕をまじまじと見ながら、第二皇子はそう呟《つぶや》いた。

侯爵家の後継者として社交界に顔を出していたルイスと違って、大公家に来るまで僕はあの家から出たことがなかったからね。

「……ウッドストック大公家の、メルトレーザ＝オブ＝ウッドストックと申します」

「ハハ……元々親戚なのだから、そんなかしこまらなくてもいい。それよりも」

第二皇子はいきなりカーテシーをするメルザの白い手を取り……っ⁉

「『おやめください』」

僕は彼女の手を握る第二皇子の腕を取り、メルザは手を振り払った。

「……これは、どういうことかな？」

そんな僕達の態度が気に入らなかったのか、笑顔を絶やさない第二皇子にしては珍しく、眉根を寄せた。

「失礼しました……ですが、メルザは大切な僕の婚約者です。なので、軽々にそのような態度はお控えいただけますでしょうか」

「私からもお願いいたします。私は、夫となるヒュー以外の殿方が触れることを良しとしておりませんので」

口調は丁寧ながら、僕達は威圧的に断りを入れる。

「なるほど……それは失礼した。今後は気をつけよう」

そう言うと、第二皇子は表情を崩した。

「これから三年間、この学院で一緒に学ぶことになるのだ。よろしく頼む」

第二皇子は踵《きびす》を返し、遠巻きに眺めていた二人の子息の元へと離れていった。

「ふう……危ないところだった」

全く……そういえば第二皇子は、結構な数の女性《ひと》と浮名を流していたんだった。

これからは、特に警戒しておかないと。

「ヒュー、助けてくださってありがとうございました」

「あはは……助けたというよりも、これは僕がメルザを独り占めにしたいだけですから」

「もちろん、それも分かっていますよ？」

メルザは嬉《うれ》しそうにクスリ、と微笑《ほほえ》むと、そっと肩を寄せてきた。

「ですが……あのアーネスト殿下と一緒にいらっしゃる二人……こちらを睨《にら》んでいて少々不快ですね」

「そうですね……」

あの二人は第二皇子の幼馴染《おさななじみ》……というか、将来の側近候補になる者達だ。

一人は、近衛《このえ》騎士団長の長男、サイラス＝マクレガン。

もう一人は、財務大臣の次男、ジーン＝グローバー。

「あ……そういえば、ヒューは既に学院での生活を送った経験がおありなのでしたね」

「ええ。ですので、あの三人についてもよく覚えていますよ」

まあ、この七度目の人生では、前みたいな関係になることはないだろう。

ただ……もし僕達の邪魔をするというのなら、その時は容赦しないけど。

「ヒュー、眉間にしわが寄っておりますよ？」

「あ……」

苦笑しながら眉間を人差し指で押すメルザに、僕は頬を緩める。

やっぱりメルザにはかなわないなあ。

「第二皇子のせいで余計な時間を取られてしまいました。私達も早く入学式が行われる講堂へとまいりましょう」

「はい」

メルザの手を取り、僕達は少し足早に講堂へと向かうと、到着した時には制服を着た子息令嬢のほとんどが来ており、あらかじめ分けられたクラスごとに並んでいた。

「私達の場所はどちらになるのでしょうか……」

「僕達はA組となりますので、あちらの列ですね」

メルザの手を引き、僕達のクラスとなるA組の列にやって来ると。

「やあ」

「……………」

第二皇子とその取り巻き二人が、A組の列にいた。

まあ、基本的に皇族と高位貴族についてはA組で固められるのだから、当然こうなるんだけど。

「……これからどうぞよろしくお願いします」

「ああ、よろしく頼む」

僕とメルザが渋々頭を下げると、第二皇子は微笑んだ。

◇

「……我が皇国の発展は諸君らの双肩《そうけん》にかかっていると言っても過言ではない。これからの君達の研鑽《けんさん》に期待する」

入学式が始まり、教授、子息令嬢、来賓の貴族達が一斉に首を垂れて皇帝陛下のお言葉を賜る。

こうやって陛下のお声を聞いたのは初めてだけど、どこか懐《なつ》かしさのようなものを感じたのは気のせいだろうか……。

その後も、来賓による祝辞をいただく。もちろん、その中には大公殿下も。

あはは……毎年のことで慣れているはずなんだろうけど、今年はメルザが新入生として いるから緊張しているみたいだ。

というか、後半からの内容がメルザのことで大半を占めているように感じるんだけど……。

「あうう……お祖父《じい》様、恥ずかしい……」

うん、気のせいじゃないみたいだ。

そして大公殿下……屋敷に帰ったらメルザに叱られるんだろうなあ……。

「続いて、新入生答辞」

「はい」

透き通るような声が講堂内に響き渡ると同時に、第二皇子が立ち上がって壇上へと向かう。まあ、この人選は当然だ。

「私はこの皇国の第二皇子ではあるが、この学院においては身分など関係ない。皆も気軽に声をかけてくれると嬉しい。もちろん、その際はアーネストと呼び捨てで構わないとも」

そう告げた瞬間、クスクスと笑う声と緊張により息を呑《の》む音が半々に聞こえた。

なお、僕達のA組では息を呑む音が圧倒的だった。

まあ、第二皇子の言葉など、所詮は社交辞令でしかないし、本当に呼び捨てなんてしたら絶対に後で処罰されるのは目に見えているからね。

本音を言えば、こういった自分の好感度を上げようとするためのパフォーマンスは好きじゃない。

すると。

「ふふ……やはりヒューと殿下では違いますね」

クスリ、と笑いながら、メルザが熱を帯びた視線で僕を見つめる。

もちろんこれは、メルザが第二皇子よりも僕のことを評価してくれていることの表れだ。

おそらくメルザは、第二皇子の言葉の端々に悪意や嘘を感じているんだろうな。

「あはは……僕はメルザに、真心以外で返せるものがないですから」

「ですが、私にはそれが何より嬉しいんです」

結局僕達は、第二皇子の答辞もその後も一切無視し、手を繋《つな》ぎながら見つめ合っていた。

そんな中。

「……あれは」

僕は、来賓席の中で皇帝陛下を守るように後ろに控えている近衛騎士団長、ギルバート＝マクレガン伯爵がグレンヴィルと会話しているのが目に入った。

だけど、僕の記憶ではあの二人に接点があったなんて知らない。いや、一度目の人生では、皇位継承争いにおいて第一皇子派だったグレンヴィルに対しマクレガン伯爵は第二皇子派と、むしろ敵対関係にあったはず。

これは一体……。

「？　ヒュー、どうかしましたか？」

「え……？　あ、ああいや、何でもありません……」

メルザに不思議そうな表情で尋ねられ、気を取り直して苦笑しながらかぶりを振った。

でも……何故か僕には、あの二人の姿が気になって仕方がなかった。

◇

「ここが僕達の教室ですね。ちなみに、座る席は自由……というか、早い者勝ちみたいになっています」

入学式が無事終わり、新入生は自分達のクラスへと移動した。

「そうなんですね。本当に、ヒューがいてくれて助かります」

「あはは……」

メルザに感謝され、僕は苦笑する。

ま、まあ、これも替え玉として学院にいたから、というのがアレだけどね……。

「ところで……グレンヴィル家も侯爵家ですので、あの恥知らずな男も同じA組だと思ったのですが……」

「ああー……」

確かに、通常のクラス分けであればルイスがA組にいてもおかしくない……いや、以前の人生では間違いなくA組に所属していた。

それがこの中にいないということは、おそらく大公殿下が気を利《き》かして調整してくださったのだろう。

あはは……普段は無骨な性格なのに、メルザに関することだけは細かいんだから。

「ふふ……お祖父様も、ヒューが大切なのですね」

「え？　僕ですか？」

「はい」

笑顔でそう言われ、僕は首を傾《かし》げる。

いや、仮にそうだとしても、それはメルザが僕のことを大切に想《おも》ってくれているからなんだけどなあ……。

「……やはり、ヒューの意識改革をもっとしませんと（ポツリ）」

「？　何か言いましたか？」

「ふふ、いいえ」

ウーン……はぐらかされてしまった。

するとと。

「みんな、席に着いているな」

身長はかなり低いものの、ウェーブのかかった少し短めの赤髪をポニーテールに纏《まと》めた、凛《りん》としたたたずまいの女性《ひと》が教室に入ってきた。

確か、この方は……。

「私は君達の担任となった、モニカ＝ランチェスターだ。主に剣術と皇国の歴史を教える」

そうだ、やっぱりモニカ教授だ。

隣国であるオルレアン王国との戦の終盤において、その小さな身体《からだ》に似合わない豪快無比な戦闘スタイルでもって大いに活躍し、敵味方問わず〝赤い死神〟と恐れられた人物。

そして、僕がルイスの替え玉として授業を受けていた時、僕の独学で鍛えた我流剣術を、唯《ただ》一人褒めてくださった女性《ひと》だ……って⁉

突然右の太ももに激痛が走り、僕は思わず顔を向けると……あ、メルザが頬をプクー、と膨らませている……。

「……ヒューは私以外の女性《ひと》を見ないでください」

「はい……」

うん……決してそういう意味で見ていたわけじゃないけど、メルザが嫌がるなら気をつけないとね……。

それからA組の生徒による自己紹介を簡単に済ませ、学院初日が終了した。

「さあ、帰りましょうメルザ」

「ええ」

帰り支度を済ませ、僕はメルザの手を取って席を立つと。

「……ヒュー」

「……うん」

低い声で僕の名前を呼ぶメルザの視線の先を見ると……そこには、ルイスがいた。

案の定、アイツも入学してきたか。

「やあ、兄さん」

「……僕とメルザに近づくな」

教室の中に入って来て性懲りもなく声をかけてきたので、僕は凄《すご》んでみせるが、ルイスは全く意に介さない。

「せっかく一年振りに再会したんだ。旧交を温めるくらい構わないだろ？　俺達だってもう成人したんだし」

「オマエ……どの面下《つら》げてそんなことが言えるんだ？　オマエが僕のメルザにしようとしたこと、忘れたのか？」

「ヒュー……こんな輩《やから》を相手にする必要はありません。お祖父様も待っていますので、早く帰りましょう」

僕の制服の袖を引き、メルザが促した。

そうだな……どうせコイツは、グレンヴィルと共に破滅するんだ。いちいち構っているほど暇じゃない、か。

「そうですね、行きましょうメルザ」

「ふふ……はい」

「あ、ちょっ！」

呼び止めようとするルイスを無視し、僕達は教室を出て行く。

そして、第二皇子がそんな僕達とルイスを交互に見つめていた。

◇

「本当に、キモチワルイですね」

帰りの馬車の中、メルザが静かに怒っている。

まあ、最後の最後でルイスの奴に出くわした……いや、待ち構えていたんだ。そうなるのも頷《うなず》ける。

「それにしても……ルイスの奴、まだメルザに懸想《けそう》しているとでもいうんだろうか……」

「ヒュー……冗談でもそんなことを言わないでください……」

「あ、す、すいません……」

メルザにジト目で睨《にら》まれ、僕は思わず肩を竦《すく》めた。

「ふう……とにかく、このままでは学院生活に悪影響を及ぼしかねないので、それとなくエレン経由でグレンヴィル侯爵の耳に入れるようにしましょう」

「そうですね……」

エレンなら、ルイスのせいで僕とメルザの関係にひびが入りそうで大公家の乗っ取りに失敗するかもと匂わせれば、すぐにでも動くだろう。

「ですが……エレンも実家が子爵家なのに、どうして侯爵家のメイドなどしているのでしょうか……」

「ああ……」

エレンが僕と一緒に大公家に入るにあたり、大公殿下が執事長に命じて身辺調査を行ったところ、実は彼女がミラー子爵家の令嬢だということが判明した。

ちなみに、このミラー子爵家はグレンヴィル侯爵家の子でもない。だから、わざわざメイドとして仕える理由なんてないはずなんだけど……。

「……理由は分かりませんが、執事長が引き続き理由などを調査しているので、まずはその結果を待ちましょう……」

「ええ……」

さすがに、こんなことはこれまでの人生でも知らなかった事実なので、僕にもどうしようもない。

分かっているのは、エレンもグレンヴィル側の人間だということだけだ。

「それよりもヒュー、朝の約束を覚えていらっしゃいますよね？」

メルザが話題を変えるため、僕の顔を覗《のぞ》き込みながらそんなことを言った。

うん、例のお預けの件だね。

「はは、もちろんですよ。屋敷に帰ったら、その……お好きなだけどうぞ」

僕は首筋を手でさすりながら微笑《ほほえ》んだ。

でも、本当はメルザに血を吸われるのは、その……少し恥ずかしかったりする。

いや、牙が痛かったりとか、そういうことはないんだけど……その時に触れるメルザの桜色の唇が柔らかいというか……息遣いが耳やうなじをくすぐるというか……。

なお、前にメルザに教えてもらったんだけど、ヴァンパイアが血を吸う行為については、求愛行動の意味もあるらしい。

要は、口づけを交わすのと同じような意味もあるわけで……。

「あう……そんなに恥ずかしそうにされてしまうと、そ、その……私まで恥ずかしくなってしまいます……」

「あ、あはは一……」

頬を紅《あか》く染めて上目遣いでモジモジするメルザに、僕は余計に照れてしまい、苦笑してごまかした。

試合と仕合

皇立学院に入学して一週間が経《た》ち、ようやくこの生活に慣れてきた。

いや、僕は替え玉として一度経験済みではあるものの、実は毎日が新鮮で、楽しくて仕方がない。

だって。

「ふふ、先程の経営学の授業は面白かったですね」

こうやって、大好きな女性《ひと》と一緒に授業を受けるんだ。楽しいに決まってる。

しかも、メルザは屋敷では見せない表情や仕草を見せてくれるんだからね……そのたびに僕は彼女の一面を知って、愛《いと》しい想いが上書きされていく。

「ええ。ですが、次の授業は……」

僕がそう言い淀《よど》むと、メルザが表情を少し曇らせた。

次の授業では、僕とメルザが別々の授業になっているのだ。

僕は剣術の授業、そしてメルザは魔法の授業。

「……くれぐれも、見破られないように気をつけてください」

「はい……私は大丈夫です。授業中も目立たないようにいたしますし……」

うん……メルザの魔法はヴァンパイアだけあって素晴らしいものだから、十中八九幻影魔法を見破られたりすることはないと思うけど、相手だって魔法に長《た》けた教授。決して油断できない。

「……僕に魔法の素質があれば、一緒に授業を受けて守るんですが……」

「ヒュー……そのお気持ちだけで充分です。それより、あなたも剣術の授業、頑張ってくださいね？」

そう言って、メルザがニコリ、と微笑んだ。

「はは……僕の師匠は大公殿下なんです。この学院で後れを取るなんてことは絶対にないですよ」

「ふふ、そうでしたね」

すると、クラスの生徒達がそれぞれの授業へと移動を始める。

「では、また授業の後で」

「メルザ……気をつけて」

「はい」

僕は後ろ髪を引かれる思いでメルザと別れ、剣術の授業が行われる訓練場へと向かった。

メルザのことが心配なのは間違いないんだけど……実は、この授業が楽しみでもあったりする。

二度目の人生では、モニカ教授に剣術を褒めてもらった。

今度は……大公殿下から指南いただいた本物の剣術を、見ていただくんだ。

といっても、モニカ教授は前のことなんて分からないんだから、こんなのは僕の勝手な自己満足なんだけど、ね。

教室を出遅れた僕は一人更衣室で訓練着に着替え、訓練場に姿を出す。

他の生徒達は、それぞれ身体《からだ》をほぐしたり木剣で素振りをしたり、談笑したりしていた。

その中には、アーネスト第二皇子と取り巻き二人の姿も。

だけど、近衛《このえ》騎士団長の息子であるサイラスはともかく、ジーンは元々頭脳派タイプだから、剣術よりも魔法の授業を受けたほうがいいと思うんだけど……。

まあ、僕には関係ないか。

なお、こういった剣術の授業では、身分や階級に応じたクラス分けが活《い》きてくる。

さすがに男爵や準男爵の子息令嬢が身分の高い者と試合なんかしたら全然公平じゃない

し、万が一怪我《けが》をさせてしまったら大変なことになりかねないからね。

「全員集合！」

モニカ教授の号令で、全員が整列した。

「今日が初めての剣術の授業だ。なので、まずは皆の力量を見させてもらうため、一対一の試合を行うことにする」

そんなモニカ教授の言葉に、全員がざわついた。

まさか、いきなり一対一の試合をするなんて思わないからなあ。

「では君と君、向かい合わせに二手に分かれて。他の者は、その後ろに列を作るんだ。だが、そうだな……せっかくだから、最初の試合についてはこの私から指名させてもらおう」

「「「「っ⁉」」」」

モニカ教授のその言葉に、生徒達はさらにざわつく。

指名といっても、初めての剣術の授業なのだから、僕達の実力も分からないはずなのに……。

「では、名前を呼ばれた者は前へ。アーネスト＝フォン＝サウザンクレイン」

「はい」

名前を呼ばれ、第二皇子は爽やかな笑みを浮かべながら一歩前に出る。

その堂々とした様子からも窺《うかが》えるとおり、この皇子、実はこのAクラスの中では、僕を除けば一番強い。

じゃあ、次はおそらくサイラス……「次に、ヒューゴ＝グレンヴィル」……って、ええ⁉

「ヒューゴ君、早くしないか」

「は、はい……」

突然名前を呼ばれ、あっけに取られていると、モニカ教授はもう一度催促したので、肩を落としながら渋々前に出る。

だ、だけど、第二皇子はともかく、さすがに僕の実力は知らないはずなのに……。

「ハハ……君とはよくよく縁があるようだな」

「……そうですね」

微笑みながら語りかける第二皇子に、僕は素っ気なく返事をする。

そんな僕の態度が気に入らないのか、取り巻き二人が僕を忌々《いまいま》しげに睨んでいた。

「では、構え！」

モニカ教授の合図で、僕と第二皇子は木剣を構える。

そして。

「始め！」

「っ⁉」

開始の合図と同時に僕は一気に距離を詰め、第二皇子の喉笛に木剣の切っ先を突きつけて寸止めする。

そもそも、皇国最強と謳《うた》われる大公殿下を師匠に持つ僕に、学院の生徒ごときが相手になるわけがない。

「うむ……ヒューゴ君の勝ちだ」

モニカ教授が静かに勝ち名乗りを告げると同時に、僕は木剣を引いた。

「ハ、ハハ……この私が、なす術《すべ》なしか……」

まさかここまで圧倒的に負けると思っていなかったらしく、第二皇子は顔を引きつらせる。

「…………………………」

だけど。

僕の知ったことではないけど。

そんな僕が気に入らないのか、取り巻きの二人は僕に射殺すような視線を向けていた。

すると。

「ヒューゴ君」

「はい？」

急に声をかけられ、僕は振り返ると、モニカ教授が奥を見つめていた。

「大公殿下から伺っていたとおり、たゆまぬ修練の跡がうかがえる見事な剣術だったぞ」

「あ……ぼ、僕の実力を知っていたんですか？」

「ああ。何より、君とメルトレーザ君のことを、大公殿下から頼まれているからな」

そう言うと、モニカ教授はニコリ、と微笑む。

だけど……あはは、メルザはともかく、大公殿下が僕のことまで気をかけてくださっていたなんて……。

「だが、ヒューゴ君の動きを見ていると、私とも一度手合わせ願いたいものだな」

「はい！　是非よろしくお願いします！」

僕は深々とお辞儀をすると、モニカ教授が柔らかい瞳で僕を見つめていた。

◇

「では、これで今日の授業は終わりだ」

モニカ教授が一日の終わりを告げ、生徒達が帰り支度を始める。

「ヒュー、では帰りましょう」

「はい」

僕はメルザの手を取り、教室を出ようとすると。

「おい」

「「………………」」

背後から声をかけてきた奴がいるけど、僕とメルザは無視をしてそのまま教室を出た。

「待てというのが聞こえんのか！」

廊下に響き渡るほど大きな、僕達を怒鳴りつける声。

本当は無視してもいいんだけど、僕はともかくメルザに対してそんな失礼な口調だったので、ムッとなった僕は眉根を寄せて振り返ってみる。

案の定……第二皇子の取り巻きの一人、サイラス＝マクレガンだった。

「……何の用？」

「ヒューゴ＝グレンヴィル、この俺と手合わせをしろ！」

は？　この馬鹿、いきなり何を言ってるんだ？

それにコイツの態度、気に入らない。

「メルザ……少しだけ失礼します」

「はい」

静かに頷《うなず》いてくれたメルザに微笑《ほほえ》みかけると、僕はゆっくりとサイラスに近づく。

「受ける気になったか……っ⁉」

「黙れ」

口の端を吊《つ》り上げる無駄に背の高いサイラスに対し、僕は襟元をつかんでグイ、と引っ張った。

「オマエは伯爵家で僕は侯爵家、なにより、メルザに至っては大公家だ。口の利《き》き方に気をつけろ」

「ぐ……！　は、放せっ⁉」

サイラスが無理やり僕の手を引き離そうとするけど……本当に馬鹿だなあ。

僕は、オマエと違ってやわな鍛え方をしていないのに。

「う、動かぬ……っ⁉」

「うるさい。それより、メルザに謝罪しろ」

「っ⁉」

低い声でそう告げると、サイラスは目を見開いた。

その時。

「やあ、すまないな。サイラスも悪気があったわけではないのだ」

第二皇子が現れ、僕の肩をポン、と叩《たた》いて微笑みかける。

その後ろには、もう一人の取り巻きであるジーンが控えていた。

「……アーネスト殿下。ではお尋ねしますが、この男はどういう理由があって無礼な態度をとったのでしょうか？」

「ハハ……いや、先程の私と君の試合を見て思うところがあったようでな。剣術の授業中もずっと君と対戦したいと息巻いていたのだ」

「…………………………」

「ついては、サイラスの意を汲《く》んで手合わせをしてはもらえないだろうか？」

ハア……この第二皇子は何を言っているんだろうか。

何故《なぜ》この僕が、こんな馬鹿の相手をしてやらないといけないんだ。

「殿下、誠に申し訳ありません。僕にはこの男と手合わせをする理由がありませんので、お断りいたします」

「なんだと！　怖気《おじけ》づいたか！」

僕が断ったことで調子に乗ったのか、サイラスが吠《ほ》える。

「……そう受け取ってもらっても結構。そんなことより、早くメルザに謝罪しろ」

「ハハ、彼女にはこの私から謝っておく。メルトレーザ殿、済まなかった」

謝っているのかどうか分からないような軽い口調で、第二皇子は軽く頭を下げた。

はっきり言って、こんなものは謝罪どころか馬鹿にしているとしか思えない。

なのに、取り巻きの二人は第二皇子が謝罪したこと自体が許せないようで、ますます表情を険しくする。

許せないのは、僕のほうなのに。

「そういうことだからヒューゴ、サイラスと対戦してやってくれ」

「ハア……分かりました」

「っ⁉　ヒュー、わざわざ受ける必要はありません！」

僕の様子を見守っていたメルザが、見かねて声をかけた。

あなたの言うとおり、僕も受ける必要はないと思っていた。でも、第二皇子まで担《かつ》ぎ出して引かないというなら、僕にだって考えがある。

「殿下。先程も申し上げましたとおり、この男と手合わせをしても僕には何のメリットもありません。むしろデメリットばかりです」

「うむ……」

「なので、手合わせをするにあたって三つ条件を付けさせてください」

そう言って、僕は三本の指を突き立てる。

「ほう……条件とはなんだ？」

「はい。一つ目は、この手合わせが終わったら、殿下の取り巻き二人を二度と僕とメルザに近寄らせないこと。二つ目は、メルザへの先程の無礼を正式に謝罪すること」

「っ！　殿下が既に誠意ある謝罪をされたというのに無礼な！」

「殿下！　この男のこのような態度、許してはなりませんよ！」

僕の二つ目の条件が気に入らなかったのか、取り巻き二人が同時に声を上げた。

自分達の無礼を棚に上げ、コイツ等《ら》は何を言っているんだろうか。

「まあまあ……すまんがヒューゴ、このままでは二人も納得しないだろうから、その条件は君がサイラスに勝てば、ということではどうだ？」

「……構いません」

「サイラス、分かったな」

「……はっ」

殿下が念を押すと、サイラスも渋々了承した。

「それでヒューゴ、最後の三つ目はなんだ？」

「はい。此度《こたび》の手合わせで、たとえどのような結果になったとしても、何人たりとも後で物申したりすることがないようにお願いします」

「よかろう。このアーネスト＝フォン＝サウザンクレインの名にかけて誓おう。では、手合わせはこの後、ということでよいか？」

「ええ」

　本当は今すぐに屋敷に帰って、メルザと楽しいひと時を過ごしたかったんだけど、明日から煩わされることがないことを考えれば、それもやむなしか……。

「ヒュー……本当に、よろしいのですか……？」

　メルザが僕の傍《そば》に来て、そっと耳打ちをする。

「はい。まだあと三年も学院生活が続くんです。その度に相手をしていられませんので、ここで芽を摘んでおきます。何より……アイツ等はメルザを侮辱した」

「あ……私のことなら、あのような連中など最初から相手にしておりませんから、気にしなくてもよろしいですのに……」

「いいえ、この僕が気にするんです」

　そうとも。僕の世界一大切なメルザにあのような態度を取ったんだ。

　必ず、報いは受けさせる。

「ふふ……こんなことを言うのは不謹慎なのかもしれませんが……ヒュー、あなたのそんな私への想《おも》いが、言葉で言い表せないほど嬉《うれ》しくて仕方ありません……」

「あはは……ですが、メルザだって僕以上に想いをくれるじゃないですか」

「もう……」

ほんの少し苦笑しながら、恥ずかしそうにうつむくメルザ。

僕は、そんな彼女の仕草の一つ一つが、愛《いと》おしくて仕方なかった。

「では行くぞ！　貴様、剣は持っているか！」

「……サーベルなら持っているけど……まさか」

「当然だろう！　これは仕合なのだ！　真剣でせねば意味がない！」

生徒達が行き交う廊下で、そんなことを大声でのたまうサイラス。

僕は第二皇子へと視線を向けると、彼は苦笑しながら頷いた。

つまり、今日の仕合は真剣勝負だと。

「ヒュー……」

心配そうな表情で僕を見つめるメルザ。

もちろん僕の勝ちは疑ってはいないけど、それでも僕がほんの少しでも傷つくかもしれないと考えているんだろう。

「メルザ、心配いりません。傷どころか、一切触れさせることなくあの馬鹿を倒してみせます。あなたのために」

「はい……信じています、ヒュー」

僕達は教室を出て、サーベルを取りに一旦馬車へと向かう。

第二皇子や取り巻き二人も同様、剣を取りに寄宿舎へ寄ってくるようだ。

「ハア……大公殿下からいただいたサーベルの試し斬りが、まさかあの馬鹿になるだなんて……」

サイラスと戦うのにはこのサーベルはもったいなさすぎるので、訓練場に置いてある剣でも構わないんだけど、これはメルザの名誉がかかった仕合でもある。

なら、それに相応《ふさわ》しい形で、完膚なきまでに倒さないといけないからね。

「メルザ、では行きましょう」

「ええ」

メルザの手を取り、訓練場へとやって来ると。

「遅いぞ！」

既に来ていたサイラスが、通常よりも一・五倍長い剣を携え、僕達を睨《にら》む。

それにしても……あの柄《つか》や鞘《さや》のしつらえを見る限り、かなり良い剣みたいだな。まあ、宝の持ち腐れだけど。

「ヒューゴよ、よくぞまいった」

「殿下……ところで、これはどういうことですか？」

僕は開口一番、周囲を見回しながら尋ねた。

というのも、何故かクラスの生徒達……いや、他のクラスの子息令嬢まで、観客としているじゃないか。

これじゃまるで、完全に見世物だ。

「ハハ……やはり仕合ともなれば、観客が多いほうがいいだろう？」

「フン！　無様な姿をさらすのが、そんなに怖いか！」

ふうん……この仕合、決してサイラスだけが僕を叩きのめしたいわけじゃなく、第二皇子自身もそんな結果を希望しているってわけか。

まあ、つまりは剣術の授業で僕に負けたことが、さぞかし気に入らなかったんだな。

はは……二度目の人生では、単にルイスのことが嫌いなだけなのかと思ってたけど、ね。

入学式の答辞や普段の態度ではその心の広さを見せていたが、本当はこんなにも器が小さかったのか。

だからといって、別に思うところもないけど。

「……時間もないので、サッサと始めましょうか」

「貴様！　殿下に向かってその態度はなんだ！」

「うるさい」

今にもつかみかかろうとするサイラスに、僕は低い声でたしなめる。

うん……すぐに終わらせよう。

ここにいるメルザ以外の全員に、現実というものを知らしめる。

「では、ただ今からサイラス＝マクレガンとヒューゴ＝グレンヴィルの仕合を行う。両者、構え！」

第二皇子の合図で、僕とサイラスは鞘から刀を抜くと。

「！　お、おい！　どこへ行くのだ！」

「貴様あっ！　この期《ご》に及んで逃げる気か！」

踵《きびす》を返して無言でその場を離れる僕に、二人が怒号を浴びせる。

訓練場にいる他の生徒達も、ガヤガヤと騒ぎ出した。

ハア……五月蠅《うるさ》い。

「メルザ……すいませんが、終わるまでこの鞘を持っていてくれませんか？」

「ふふ、分かりました」

微笑《ほほえ》むメルザに鞘を手渡し、もう一度二人の元へと戻る。

「フン！　あのようなみすぼらしい鞘、その辺に捨て置いても問題ないであろうに。サーベルの刀身も、普通とは違うようだし、それで奇を衒《てら》っているつもりか」

「…………………………」

サイラスは鼻を鳴らし、吐き捨てるように言った。

ああ……僕はもう我慢の限界だ。

メルザを侮辱し、大公殿下が僕のためにくださったサーベルまで侮辱した。

コイツは……絶対に絶望を味わわせてやる。

「では……始め！」

「うおおおおおおおおッッッ！」

第二皇子の開始の合図と共に、サイラスは長剣を肩に担いで突進してきた。

どうやらそのリーチで、一気に畳みかけるつもりらしい。

それに、サイラス自身の強さはともかく、この僕に向けて殺気をみなぎらせている。

要は、この仕合で僕を殺すつもりなんだろう。

「死ねえええええええええッッッ！」

サイラスが振りかぶり、その剣先を僕の脳天目がけて振り下ろす。

——ごきん。

乾いた音が、訓練場に鳴り響く。

そして。

「ぐああああああああああッッッ⁉」

変な方向に曲がった左腕を押さえ、サイラスが絶叫と共にもんどり打って倒れた。

「「「「…………………………」」」」

まさか、こんなことになるだなんて思っていなかったんだろう。

観客の生徒達、そして第二皇子は、悲鳴を上げるサイラスを凝視しながら声を失っていた。

だけど……まだ終わらせない。

「オイ」

「っ⁉　ヒイイッ⁉」

僕に声をかけられ、サイラスは顔を引きつらせながら、僕から逃げるように這《は》いずる。

「どうした、まだ仕合は終わっていないだろう。剣を取れ」

「むむ、無理だ⁉　もう左腕が上がらないんだぞ⁉　こんなのでどうやって……「右腕がまだ残ってるだろう」……っ⁉」

そう冷たく言い放つと、サイラスの表情が絶望に染まる。

「ホラ、手伝ってやろう」

地面に投げ捨てられた長剣を拾い、残された右腕に無理やり握らせた。

「さあ、続きだ」

——ごきん。

「っ⁉　うわあああああああああッッッ⁉」

今度は右腕をサーベルの峰で打ち据えてやると、サイラスは涙と鼻水とよだれでぐちゃぐちゃになった顔を地面に擦《こす》りつけながらうずくまった。

「サイラス、さあ続きを……」「ま、待て！　もう仕合は終わりだ！　この勝負、君の勝ちだ！」

さらに仕合を続行しようとしたところで、第二皇子が止めに入った。

「誰か！　今すぐ治癒師をここに連れてまいれ！」

「は、はい！」

第二皇子が大声で指示を出すと、我に返った数人の生徒が慌てて訓練場を出て行った。

……まあ、これだけやれば第二皇子も取り巻き二人も、身の程を弁《わきま》えるだろう。

それに。

「…………………………っ」

観客の中で口を開けて固まっている、ルイスも同様に。

僕はサーベルの切っ先を返し、訓練場の端で見守ってくれていた最愛の女性《ひと》の元へ向かった。

「ヒュー、お疲れ様でした」

「メルザ……この勝利をあなたに捧《ささ》げます」

彼女の前で跪《ひざまず》き、微笑むメルザから鞘を受け取ると、サーベルを収めた。

すると。

「きき、貴様！　このような真似《まね》をして、ただで済むと思っているのですか！」

もう一人の取り巻き、ジーンが僕を指差しながら叫んだ。

とはいえ、サイラスの惨状を目《ま》の当たりにしているので、声も震えているし、かなり及び腰ではあるけど。

「……ジーン様、私のヒューは正々堂々と戦いました。なのに、何か文句がおありですか？」

「と、当然です！　近衛《このえ》騎士団長の後継者で、いずれアーネスト殿下の……いや、皇国の剣となり盾となる男を侮辱したのですよ！　つまり、この皇国に多大な損失を与えたのですから、相応の罰を受けるべきです！」

ははは……地面に這いつくばってめそめそと泣いている、あのサイラスが皇国の剣と盾、だって？

だとしたら、この皇国は大公殿下がいなくなった時点で終わりだな。

とりあえず、それは置いといて。

「殿下、あなたの従者はあのようなことを申しておりますが」

「…………………………」

第二皇子に話を振ると、彼は唇を噛《か》みながら僕を睨んだ。

「まさかとは思いますが、殿下がご自身の名にかけてお約束された三つの条件を違《たが》えるなんて、そんな恥知らずな真似はなさいませんよね？」

「っ⁉ ……と、当然だ」

まあ、後で難癖をつけられないようにするために、あの三つ目の条件を課したんだからね。

たとえどのような結果になったとしても、何人たりとも後で物申したりすることがないように、と。

「では、子犬のようにキャンキャン吠《ほ》えているあの者を何とかしていただけませんでしょうか？　差し支《つか》えなければ、この僕が黙らせますが」

「……ジーン、静かにしろ」

「で、ですが殿下……「静かにしろと言っている」……は、はい……」

このままだと、サイラスに続きジーンまで同じ目に遭うと判断した第二皇子は、なおも何か言おうとするジーンを黙らせた。

それが賢明だろうね。

「では、もう一つの条件である謝罪をお願いしたいのですが」

「っ！　そ、それに関しては待ってくれ！　サイラスは今そのような状態ではない！　治療したあかつきには、必ず誠意ある謝罪をさせる！」

「……メルザ、どうしますか？」

「私はサイラス様の治療後で構いません」

第二皇子の申し出を受けてメルザに尋ねると、彼女は頷《うなず》きながらそう答えた。

「ということだ。僕のメルザが優しくてよかったな」

「うう……」

転がるサイラスを一瞥《いちべつ》しながらそう告げるけど、うめき声を出すだけで返事をしたのかよく分からない。

「では殿下、僕達はこれで失礼します」

「あ、ああ……」

メルザの手を取り、僕達は訓練場を出て行こうとしたところで。

「ああ、そうそう」

「っ⁉」

僕は振り返り、第二皇子達を見据える。

「もう一つの条件。その二人を、今後二度と僕達に近づかせないようにしてくださいね」

「わ、分かった……」

そして、今度こそ僕達はこの場を去った。

◇

「ふふ……それにしても、やっぱりヒューは強いですね」

帰りの馬車の中、メルザが嬉《うれ》しそうに微笑みながら褒めてくれた。

「はは、当然です。僕の師匠は皇国最強の武人、シリル＝オブ＝ウッドストック大公殿下です。それに、あなたが見ている前で無様な戦いはできませんから」

うん……僕にはメルザという戦う理由があれば、それこそどんな相手であっても完勝してみせる。

もちろんメルザが心配しないよう、傷一つなく。

「それに、随分とお優しいですね」

「え？」

メルザの言葉に、思わずキョトン、としてしまった。

「ふふ……サイラス様の腕がすぐに回復するように、綺麗《きれい》に折って差し上げたではありませんか」

「メルザ、よくそれが分かりましたね……」

「私だって、お祖父《じい》様の孫ですから」

そう言うと、ちろ、とメルザは舌を出した。

その仕草が、どうしようもなく可愛《かわい》くて。

「あ……ヒュー、どうしましたか？」

「い、いえ……」

僕は思わずメルザの手を握ると、顔を伏せて悶絶《もんぜつ》した。

こんなの、尊くて反則過ぎる。

そうこうしているうちに、馬車は大公邸に到着した。

従軍

「婿殿、ちょっといいかの？」

サイラスと仕合をした日から一か月後。

剣術の稽古を終えた後で、大公殿下が畏《かしこ》まって声をかけてきた。

「はい……それは構いませんが……」

「うむ、ならばこのまま私の執務室に行こう。ああ……メルの奴には内緒じゃぞ？」

「は、はあ……」

僕は曖昧な返事をし、大公殿下と一緒に執務室へと向かう。

なお、メルザは忙しいみたいで、朝から部屋に籠《こも》っている。

「それで……僕にどのような……」

「ああ、うむ……」

大公殿下にしては、どこか歯切れが悪い。

なにか問題でもあったんだろうか……。

「実はの……三日後、オルレアン王国との国境付近にある街、セイルブリッジ近郊に現れた賊を討伐しに遠征するのじゃが……」

「はあ……」

「……婿殿も、私と一緒に従軍するのじゃ」

「はあ⁉」

大公殿下の言葉に、僕は思わず驚きの声を上げた。

い、いや、僕が従軍、ですか……。

「そ、それで、僕を従軍させるのには、何か理由があるんですよね……？」

「う、うむ……」

大公殿下が僕を連れて行く理由について説明する。

一つは、僕が婿としてウッドストック大公家の後継者となるため、大公殿下がいなくなった場合に備えて、戦の経験を積ませたいこと。

もう一つは、僕の力で賊を制圧して見事に初陣《ういじん》を飾ることで、大公軍の将兵達の信頼を得ること。

「はっは！　なあに、婿殿は一度目の人生において暗殺者をしておったので、実際の戦場で後れを取ることがないのは分かっておるし、何より、その実力はこの私を凌《しの》ぐほどじゃ。問題など何もありはせん」

「そ、そうですね……」

確かに大公殿下のおっしゃるとおり、僕は既に対人戦の経験は充分に積んでいることに加え、二度目の人生においてルイスの代わりとして皇立学院に通っていた時に、戦術についても図書室に入り浸って勉強した。

あとは現場でのすり合わせをしっかりすれば、僕でも充分に対処可能だ。

だけど。

「……オルレアン王国との国境付近というのが、少々気になりますね」

「ほう……？」

僕の言葉に、大公殿下が興味深そうに見つめる。

「どうしてそう思うのじゃ？」

「はい。僕も資料などの受け売りの部分も大きいですが、記憶ではセイルブリッジは互いの国へ出入りするための橋がある要衝。そこに現れたとなると、オルレアン王国側が何か仕掛けてきた可能性が否定できないかと」

「うむ、婿殿の見立てどおりじゃ」

大公殿下が頬を緩め、満足げに頷く。

「そして、そのような重要な任務であるからこそ、この私が出張るのであるし、婿殿が華々しく初陣を飾るにはもってこいなのじゃ」

「あ……」

あはは……結局は、大公殿下は僕のためにこのような舞台を用意してくださったのですね……。

「大公殿下……いただいたこのサーベルに懸けて、必ずや賊を討伐し、ヒューゴ＝グレンヴィルの名を皇国に知らしめてみせます」

「はっは！　期待しておるぞ！」

大公殿下は立ち上がると、そのごつごつした大きな手で、僕の頭を撫《な》でてくれた。

僕の、大好きな手だ。

だけど、問題が一つだけ残る。

「メルザは、その……どうしましょうか……」

「それなんじゃ……」

先程までの雰囲気とは打って変わり、僕と大公殿下は揃《そろ》って頭を抱える。

いくら今回の賊の討伐において圧倒的な戦力差があるとはいえ、国が絡《から》んでいる以上これは戦だ。

そんな場所に、メルザは絶対に連れて行きたくない。

だけど、メルザには悪意と嘘を見抜く能力があるから、隠したところでどうしてもバレてしまう。

……いや、僕はメルザには真心と愛情だけを見せると決めているんだ。絶対に嘘を吐《つ》きたくない。

「やはり、根気よく説得するしかないでしょうね……」

「そうじゃの……」

僕と大公殿下は、深く溜息《ためいき》を吐いた。

◇

「？　ヒューもお祖父様も、どうなさったのですか？」

夕食の時間、メルザが僕達の落ち着かない様子に気づき、首を傾《かし》げながら尋ねる。

僕は大公殿下と目を合わせると……大公殿下は、ゆっくりと頷《うなず》いた。

「メルザ……話があるんです」

「話、ですか……？」

話というのがよからぬものだというのを感じたんだろう。メルザは、口をキュ、と結んだ。

「婿殿、私から話そう」

「はい」

「私と婿殿は、来週にもオルレアン王国国境へ賊退治のために遠征に出る」

「っ⁉」

それを聞いた瞬間、メルザが目を見開いて息を呑《の》んだ。

「で、でしたら私も！」

「駄目じゃ」

メルザが立ち上がって名乗りを上げるが、大公殿下は有無を言わせないとばかりに、ピシャリ、と言い放った。

「メルザ……これは戦なんです。あなたに危険が及ぶ可能性があることが分かっているのに、一緒に連れて行くなんてできません。それに……僕は、あなたに悲惨な光景を見せたくない」

……僕は、一度目の人生では暗殺者として、たくさんの人の死を見てきた。

戦は、それよりも人の命が軽くなる場所なんだ。

だから。

「お願いします！　どうか……どうかこの屋敷で、大公殿下と僕の帰りを待っていてください！」

テーブルに手をつき、額を擦《こす》りつける。

もっと上手な説得の仕方があるのかもしれない。

でも……僕には、こうやって真心を見せるしか、メルザにお願いする方法を知らないから……。

「ヒュー……ずるい、です……っ！」

「っ!?　メルザ！」

メルザは涙を零《こぼ》しながら、食堂を出て行ってしまった。

「メルザ……」

彼女が出て行った食堂で、僕は扉を眺め続ける。

僕は、どうすれば……。

「婿殿……これで、いいんじゃ……」

「大公殿下……」

大公殿下が、僕の肩にごつごつした手を置いた。

「……もう一度、メルザと話をしてきます」

「気持ちは分かるが、しばらく様子を見たほうがよいじゃろう……」

大公殿下はそうおっしゃるが、僕はそうは思わない。

何より、メルザとわだかまりを抱えたままだなんて、一秒たりとも耐えられない……。

「……やはり、メルザの元へ行ってきます」

「……はっは、婿殿も存外頑固じゃのう……」

苦笑する大公殿下に見送られ、僕は食堂を出てメルザの部屋へと向かう。

「ふう……」

メルザの部屋の前に来ると、僕は深く息を吐いた。

……よし。

――コン、コン。

「メルザ……入っても、いいですか……？」

「…………………」

しばらく待つが、メルザの返事がない。

僕はこれを了承したととらえ、扉を開けて中に入る。

「メルザ……」

彼女は暗がりの部屋の中、ベッドの上に腰掛けながらただうつむいていた。

「隣、失礼します」

メルザの隣に腰掛け、僕は何から話そうかと迷う。

何を言っても、彼女を傷つけてしまいそうで……。

「…………………」

「…………………」

沈黙が、この部屋を包み込む。

すると。

「……本当は、私も分かっています」

沈黙を破ったのは、メルザだった。

「ヒューについて行きたいというのが私の我儘《わがまま》だということも、ヒューもお祖父《じい》様も、私のことを大切に想《おも》ってくださっていることも……」

「メルザ……」

メルザはぽろぽろと涙を零しながら、声を絞り出して訥々《とつとつ》と話す。

「でも……でも！　ヒューに万が一のことがあったらと思うと、どうしても……っ！」

とうとうメルザは、僕に縋《すが》りついて嗚咽《おえつ》を漏らした。

僕はただ、そんな彼女の背中を優しく撫で続けていた。

◇

「んう……」

カーテンの隙間から覗《のぞ》く陽《ひ》の光で目が覚めた僕は、ベッドから起きてカーテンをしっかりと閉める。

そのせいで、メルザの肌が赤くなってはいけないから。

結局あの後、僕はメルザの心が少しでも癒えるようにと、一緒に寝ることにした。

ベッドに入ってからもメルザは泣き続け、そのまま疲れて眠ってしまった。

「メルザ……」

僕はメルザのオニキスのように輝く黒髪を、優しく撫でる。

するとと。

「んう……あ……ヒュー……」

「メルザ、おはようございます」

目を覚ましたものの、まだまどろんでいるメルザに、微笑《ほほえ》みながら朝の挨拶をする。

「ヒュー……ヒュー……」

「はい……僕はここです」

求めるように僕に抱きつくメルザ。

「メルザ……僕から提案があるのですが……」

「提案……ですか……？」

「はい」

メルザが顔を上げ、潤んだ真紅の瞳で僕を見つめる。

「僕が遠征先であるセイルブリッジに着いたら、それからは毎日一度、必ずメルザの元に戻ります」

「っ!?」

その言葉を聞いた瞬間、メルザが瞳を見開いた。

「そ、そんなことが可能なのですか!?」

「まだ確認してみないと分かりませんが、セイルブリッジはオルレアン王国との国境に臨む重要拠点。おそらく、この皇都へと繋《つな》ぐためのゲートが設置されているはずです。それを使えば、この屋敷へ戻ることが可能かと」

そう……メルザが眠っている間、僕は彼女が安心できる方法を模索し続けた。

メルザを戦場に連れて行くことなく、メルザに僕が無事であると伝える方法が……メルザに逢《あ》える方法がないかと。

最初は通信用の魔道具を用いて毎日話をすることを考えたけど、それじゃただお互い想いだけが募ってしまい、つらくなるだけだ。

だったら……この大公家の屋敷にもゲートがあるのだから、遠征先にゲートさえあればと考えたんだ。

「ただ、一緒に戦う将兵達が家族の元に帰れない中、僕だけが毎日帰るとなると、それだけで士気に悪影響を与えてしまいます」

「あ……そ、それは……」

「なので、まずは大公殿下の許可を、次に将兵の一人一人に許可をいただくことにします」

おそらくは、大公殿下なら笑いながらゲートの使用を認めてくれるとは思う。

だけど、いくら勝ち戦とはいえ、将兵達は僕に命を預けてくれるんだ。僕は、将兵全員に認めてもらわなければいけない。

「ヒュー……」

「大丈夫。誠心誠意お願いすれば、将兵の皆さんもきっと許してくれるはずです。だから、そんなに心配そうな表情はやめて、もっと喜んでくれると嬉《うれ》しいです」

僕はメルザの頰をそっと撫《な》で、にこり、と微笑んだ。

「ヒュー……！」

メルザが、僕を思い切り抱きしめた。

もちろん昨日の夜とは違い、最高の笑顔で。

「そうと決まれば、すぐにお祖父様のところに行きませんと！」

「あはは……ですね！」

ようやく元気を取り戻したメルザが、急いで着替えようと……っ⁉

「メ、メルザ⁉」

「え……？　あ、ああ……⁉」

ナイトドレスを脱ごうとしたメルザを止めると、彼女も僕が見ていることに気づき、慌てて胸元を隠した。

「ぼ、僕は部屋に戻りますね！」

「は、はい！」

顔が真っ赤になったメルザから逃げるように、僕は自分の部屋に戻った。

だ、だけど……。

「メルザの身体《からだ》……綺麗《きれい》、だったな……」

僕は見てしまったメルザの透き通るような白い素肌を思い浮かべてしまっては、熱くなった顔を何度も左右に振った。

認めてもらう

「はっは！　もちろん構わんわい！」

食堂で大公殿下と顔を合わせ、僕はすぐにこの屋敷とセイルブリッジのゲートの使用についてお願いすると、やはり大公殿下は豪快に笑いながら許可してくれた。

「それに、たったそれだけのことでメルが機嫌を直してくれるのならば、安いもんじや！」

「もう……私が我儘を言っていることは承知しているのですから、これ以上言わないでください……」

メルザは、少しバツが悪そうに口を尖《とが》らせた。

あはは、そんな彼女もこの上なく可愛《かわい》いな。

「それで、本当に将兵達にも頼むのか？　私が言えば、誰も文句も言わず笑って受け入れてくれるとは思うのじゃが……」

「いえ、そういうわけにはいきません。僕は、将兵の皆さんに認めてもらう必要があるのですから」

うん……大公殿下に頼ってただ我儘を通しているんじゃ、なにより僕自身が許せない。

それに、今後も同じようなことがある以上、ちゃんと話をして認めてもらわないといけないから。

「はっは！　全く、婿殿は頑固じゃのう！　じゃが」

「わっ！」

「私は、そういう婿殿が大好きじゃわい」

僕の頭をごつごつした手で少し乱暴に撫でた。

「では、今日は朝食を終えたら一緒に軍舎へと行こうかの」

「はい！　どうぞよろしくお願いします！」

「わ、私も一緒に行きますから！」

「はっは！　こんなに賑《にぎ》やかに軍に顔を出すのは初めてじゃわい！」

慌てて名乗りを上げるメルザを見て、大公殿下が破顔した。

◇

「すいません、お待たせしました」

朝食を終え、僕は軍服に着替えて玄関へと向かうと、既にメルザと大公殿下が待っていた。

「あ……ヒューのそのお姿、とても凜々《りり》しくて素敵です……」

「そ、そうですか……」

僕の姿を見て頬を赤らめるメルザに恥ずかしくなってしまい、思わず目を伏せてしまった。

「うむうむ、ではまいろうぞ」

「「はい！」」

僕達は馬車へと乗り込むと、皇宮の北にある大公軍の兵舎へと向かう。

なお、皇都内に配備されている兵の数は三千しかおらず、ほとんどの兵士は国境付近や魔物の生息地などに配備されている。

まあ、前線に兵を配備するのは基本中の基本だからね……。

とはいえ、皇都の三千の兵士は大公殿下お抱えの精兵揃《ぞろ》いとのことで、先の戦でも無敗を誇っていたらしい。

〝赤い死神〟と呼ばれるモニカ教授も、ここに所属していた。

車窓から見える、広大な敷地を表すかのような長く高い塀。

ここが、サウザンクレイン皇国最強の兵がいる場所だ。

「お、着いたわい」

「ん？　なんじゃ、もっと婿殿が驚くと思ったんじゃが……」

「す、すいません……実は、一度目の人生の時に来たことがありまして……」

がっかりした表情を浮かべる大公殿下に、僕は思わず恐縮する。

その時に来た理由は、大公殿下の右腕である人物の暗殺目的だったんだけど……うん、これは言わないでおこう。

門をくぐり、馬車が兵舎の敷地内へと入ると、整列した将兵達が一斉に剣を掲げた。

この統率された動きからも、その練度や強さが窺《うかが》える。

「……この将兵の皆様が、いずれヒューの手足となるのですね」

「うむ。じゃが皆に認められねば、誰一人として婿殿の言には従わん」

「はい……」

うん……もちろん、それは望むところだ。

僕は絶対にこの将兵達に認められ、大公殿下を継ぐ者として……メルザの夫として、皇国軍を率いてみせるんだ。

そして、僕達は馬車から降りて、兵達の前に立った。

「皆の者！　既に知ってのとおり、皇国とオルレアン王国の国境付近に出没した賊を討伐するため、三日後、皇都を出立する。そこでじゃ」

大公殿下に促され、僕はその隣に並んだ。

「我が孫娘であるメルトレーザの婚約者……つまり、私の後継者となるヒューゴ＝グレンヴィルが従軍する！　なお、賊討伐に当たっての直接指揮も執らせるから、その心づもりをしておくのじゃ！　……さあ、婿殿」

僕は大公殿下に頷《うなず》くと、居並ぶ将兵達を見据えた。

はは……表情こそ変えないものの、将兵達のほとんどが、僕を懐疑的な目で見ている。

おそらくは、こんな風に思っているんだろう。

所詮は大公殿下の孫娘の婚約者となっただけの若造が、その立場を利用して箔《はく》をつけるためだけに、従軍するのだろうと。

そして、その手柄を独占してしまうのだろう、と。

なら……まずはその認識を変えさせるところから始めないと。

そうじゃなきゃ、とてもじゃないけどメルザの元に帰ることを、許してもらえるはずがない。

だから。

「この度、賊討伐に従軍するヒューゴ＝グレンヴィルです。まだ十五歳の若輩者ではありますが、どうぞよろしくお願いします」

そう言うと、僕は深々と頭を下げる。

「……おそらく、皆さんの中には大公殿下の孫娘の婚約者というだけで、僕という存在を認められない方もいらっしゃるでしょう……ならば！」

僕は、腰のサーベルの鞘《さや》に手をかけ、高々と掲げた。

「僕も、皆さんと共に命を懸けて戦う一人であることを、剣で知っていただきましょう！」

「「「「っ⁉」」」」

僕の言葉に、さすがの将兵達もどよめいた。

まさか、そんなことを言い出すだなんて思わなかったのだろう。

すると。

「失礼。一つよろしいでしょうか？」

長身で眼鏡をかけた、理知的な印象を与える一人の将校が名乗った。

僕は、この男性を知っている。

一度目の人生における、僕の暗殺対象であり、大公殿下の頭脳であり右腕。

――大公軍副官、オリバー＝パートランド騎士爵。

「ご存じかもしれませんが、我々大公軍は皇国の精鋭部隊。並の兵士が束になってかかってきたところで、たった一人の兵士すら倒すことはできないでしょう」

「…………」

「残念ながら、私にはあなたがそれほどの実力をお持ちとは、到底思えません」

そう言うと、パートランド卿《きょう》はかぶりを振った。

まるで、最初から僕を拒絶するかのように。

「あなたのおっしゃるとおりかもしれません……ですが、それが正しいとも限りません」

「ほう……？」

パートランド卿の眼鏡の奥にある瞳が、鋭く光る。

「そのような推論を並べるよりも、一合交えたほうが早いのではないでしょうか？」

「……私は、あなたのためを思って言ったのですが……仕方ありません。全将兵に告ぐ！ヒューゴ＝グレンヴィルと戦いたい者は、前に出ろ！」

突然の大声に、将兵達は一斉に背筋を伸ばす。

そして、前に出た将兵は約二百人といったところか。

「ヒューゴ＝グレンヴィル殿、後悔なさいませぬよう」

「いいえ、むしろ望むところです」

冷たく言い放つパートランド卿に、僕は獰猛《どうもう》な笑みを浮かべてみせた。

だって。

僕は、大公殿下と日々二百合以上の手合わせを行っているのだから。

◇

「それまで！　ヒューゴ＝グレンヴィルの勝利！」

「ハア……ハア……ッ！」

審判を務めるパートランド卿が、僕の勝ち名乗りを上げる。

これで、ようやく半分といったところか……先は長いなあ……。

それに、さすがは大公殿下の部下であり、皇国の精鋭部隊。一人一人の強さは、折り紙つきだ。

だけど……それでも、大公殿下の強さには程遠い。

「……正直、驚きました。その若さで、まさかこれほどの強さを持っているとは……」

「あはは、ありがとうございます」

さて、次は……っ⁉

「はっは！　このままでは陽《ひ》が暮れてしまうわい！　ならば皇国随一の武を誇る、この私が相手をすれば文句あるまい！」

なんと、大公殿下が木剣を携え、次の対戦相手として名乗り出てきた。

うわあ……百人を相手にした後に、一切疲れていない大公殿下が相手かあ……。

「お祖父様《じいさま》！　ヒューは百人以上を相手にして疲れているのですよ！　これでは不公平ではないですか！」

これまでずっと黙って観戦していたメルザが、大公殿下に猛抗議した。

「メルザ……僕は大丈夫です。それに、戦場で百人を相手にして疲れたからといって、敵は手加減なんてしてくれませんから」

「で、ですが……」

「そうじゃ婿殿。ひょっとすれば今後、このような状況に出くわすことがあるかもしれん。その時、泣き言を言ってむざむざと倒されるか、それとも死地において生を見出《みいだ》すかは、その心構え一つなんじゃ」

僕の言葉に、大公殿下が嬉《うれ》しそうに頷く。

そうとも……僕は、大公殿下にそんな逃げ《ヽヽ》のような教えは受けていない。

なら、ただ戦うのみ！

「……分かりました。ヒュー……頑張って」

僕の言葉を受け入れてくれたメルザは、そう言ってにこり、と微笑《ほほえ》んだ。

はい……僕は大公殿下であろうとも、勝ってみせます。

世界一大好きな、あなたのために。

「始め！」

パートランド卿の開始の合図と共に、僕はその身を低く構えた。

大公殿下はといえば、無造作に構えているように見えるが、全く隙がない。

相変わらず、とんでもない強さだな……。

でも、このまま手をこまねいていても仕方ない。

覚悟を決めた僕は小細工など一切弄さず、木剣の切っ先を向け、全体重を乗せて渾身《こんしん》の突きを放った。

「その意気や見事！　じゃが、それではこの私は崩せんぞ！」

大公殿下は剣を上段に構え、一気に振り下ろす。

おそらくは、僕の渾身の突きごと叩《たた》き潰すつもりなのだろう。

だけど。

「おおおおおおおッッッ！」

さらにもう一歩踏み込むと同時に、柄《つか》を握る両手のうち左手を離し、全身を伸ばした。

これなら、大公殿下の剣よりも先に僕の剣が届く！

そして。

「……はっは、参ったわい」

「がは……っ⁉」

大公殿下の剣によって、僕は地面に叩き潰された。

だけど……僕の剣の切っ先が、先に大公殿下の胸を捉えていた。

「……勝者！　ヒューゴ＝グレンヴィル！」

「っ！　ヒュー！　ヒュー！」

僕の勝利を高らかに告げるパートランド卿の声とメルザの必死に呼びかける声が聞こえる中、僕は意識を失った。

◇

「んう……」

意識を取り戻し、僕はゆっくりと目を開ける。

そこには。

「あ……ヒュー……」

心配そうに僕の顔を覗《のぞ》き込む、メルザの顔があった。

あはは……本当に、僕の女神は最高に綺麗《きれい》だ……。

「メルザ……僕はどれくらい気を失っていましたか？」

「まだ十五分程度しか経《た》っていません。ですが……」

「あはは。いつも大公殿下と鍛えているんです。もちろん大丈夫ですよ」

僕はメルザが心配しないようにと、少し大袈裟《おおげさ》に身体《からだ》を動かしてみせた。

「もう……私に強がっても無駄ですよ？」

「あ……そ、そうでした」

あ、あはは……メルザは嘘が見破れるんだった……。

「で、でも、本当に大丈夫なことは間違いありません。確かにまだ痛みはありますが、これくらいなら全然平気です！」

「どうやら嘘もないみたいですから、これ以上は言いませんが……」

うん、ようやくメルザも納得してくれた。

「いやはや、すまん……もっと早く止められればよかったんじゃが、いかんせん婿殿が相手じゃと、手加減ができんからのう……」

「あはは、むしろ手加減なんてされてしまったら、それこそ意味がありませんから。ですが、僕もまだまだです」

頭を掻《か》きながら謝る大公殿下に、僕は微笑む。

……試合には勝ったけど、勝負には負けちゃったなあ。

もっともっと、僕は強くならないと。

「……お祖父様。ヒューが盛大に勘違いしているような気がするのですが」

「う、うむ……婿殿、これが木剣での試合だということを忘れておるようじゃの……真剣であれば、先に突きを受けた私がどうなっていたか……」

二人が僕を見て何か言っているけど、まあいいか。

「それで、とりあえずは僕を理解してもらえたと思いますが……」

「……もちろん、私から何も言うことはありませんよ」

そう言うと、パートランド卿は苦笑した。

「皆はどうだ！　ヒューゴ＝グレンヴィルを、我々の命を預けるに足る男だと認めるか！」

「「「「おおおおおー！」」」」

パートランド卿の言葉に、全ての将兵が剣を頭上に掲げた。

「婿殿、これで正真正銘、大公軍の一員じゃ」

「はい！」

大公殿下にごつごつした大きな手で撫《な》でられながら、僕は笑顔を浮かべながら返事をした。

◇

「いやあ、若いねえ！　もちろん、俺は構わないぞ！」

「ありがとうございます！」

将兵達に認められた後、セイルブリッジのゲートを使ってメルザの元に帰ることについて、僕は一人一人に頭を下げながら許可をもらう。

先の試合で認めてもらえたこともあり、ありがたいことに将兵の全員が許可してくれた。

ま、まあ、それ以上にメルザとの仲について思い切り冷やかされたりもしたけど……。

「皆さん、本当にありがとうございます！」

「い、いえいえ！　いや、むしろこんな綺麗な婚約者じゃ、ヒューゴがそうなるのも頷《うなず》けますよ！」

そう……将兵達へのお願いに、メルザも一緒に頭を下げてくれた。

僕一人でよかったんだけど、彼女は『これは二人のことですから』と言ってきかなかった。

そんなメルザの気持ちが、僕はたまらなく嬉しい。

「それにしてもオリバーめ、上手《うま》いこと焚《た》きつけたわい」

「？　どういうことですか？」

顎鬚《あごひげ》を撫でながら口の端を上げる大公殿下の言葉に、僕は思わず尋ねた。

「いやな。オリバーには婿殿の実力がこの私と拮抗《きっこう》していることは、最初から伝えておっての。じゃから、わざわざこんな真似《まね》をせずとも、あやつは婿殿を認めておったわい」

「そ、そうなんですか⁉」

「うむ。それを、こうやって婿殿がその実力を示す場としてお膳立てしたというわけじゃな」

「な、なるほど……」

そのおかげで、僕は皆さんから認めてもらえたわけだから、パートランド卿《きょう》には本当に感謝しかない。

「はっは！　あとは、皇国に巣食う賊共を蹴散らして、その向こう側にいるであろう連中に一泡吹かせてやるだけじゃわい！」

「はい！」

豪快に笑う大公殿下に、僕は力強く頷いた。

出立

それから三日後。

大公殿下と僕が、賊討伐のための遠征へと向かう日となった。

「ヒュー……」

大公家の門の前で、メルザが心配そうな表情で見つめる。

「メルザ、賊を討伐してすぐに帰ってきます……といっても、セイルブリッジに着いてからは毎日帰って来るのですが」

「それはそうですが……それでも、心配なものは心配ですから」

そう言って、メルザは目を伏せた。

うん……セイルブリッジに到着したら、メルザが望むもの、したいこと、全部叶《かな》えてあげよう。

逢《あ》えなかった不安や寂しさを、全て払拭《ふっしょく》できるように。

「婿殿、では行くぞ」

「はい！」

「ヒュー！　お祖父《じい》様！　お気をつけて！」

いつまでも手を振りながら見送るメルザ。

僕も、何度も振り返っては手を振り返した。

「はっは、いつもなら賊の討伐程度では見送りなどないのじゃがなあ……」

顎鬚を撫でながら、大公殿下が苦笑する。

「……本当に、僕は幸せ者です」

うん……こんなに大切に想《おも》ってくれる女性《ひと》がいるということが、これほどに僕の心を満たしてくれる。

本当に、この七度目の人生で僕は救われた……。

「それにしても、婿殿は乗馬が上手いのう」

「あ、はい。四度目の人生の時、よく馬の世話をしていましたから……」

あの時は、剣術や勉強でも認めてもらえなかったから、それ以外でと思ってグレンヴィル家の雑用なんかを率先してやってたっけ。

まあ、モリーに散々こき使われた挙句、動物を扱うのが上手いっていう、そんなくだらない理由で魔獣の遊び相手にされたけど、ね……。

「……すまんことを聞いたの」

「いえ……」

少し重苦しい雰囲気になる中、大公殿下と僕は既に出立の準備を終えている大公軍と合流した……んだけど。

「モニカ教授!?」

「うむ。大公殿下より命を受け、今回の賊討伐には私も従軍することとなった。ヒューゴ君、よろしく頼むぞ」

そう言うと、自分の身長よりも大きく、幅広な大剣を背負うモニカ教授が、にこり、と微笑《ほほえ》んだ。

◇

「ところで……モニカ教授は、どうして従軍を決めたのですか？」

賊のいるオルレアン王国との国境付近にある街、セイルブリッジを目指して進軍する中、隣で騎乗するモニカ教授におずおずと尋ねた。

「ああ……一番は大恩ある大公殿下の依頼でもあったので快諾したというのがあるが、やはり大事な教え子が従軍すると聞いては、な」

「あ……ありがとうございます」

「ふふ。だが、本当に感謝すべきは大公殿下だぞ？　なにせ、ヒューゴ君に大事がないようにと、君を支援するよう頭を下げてあんなに頼みこむ姿を、私は見たことがないからな」

大公殿下……あなたは、本当に……。

「はい……大公殿下には、ただ感謝しかありません」

「うむ。ならば、やるべきことは分かっているな？」

「はい！」

そう……賊を打ち倒し、ヒューゴ＝グレンヴィルの名を示すことこそが、大公殿下の優しさに応えることなんだ。

「ん？　なんじゃ、二人で何を話しておる？」

指揮を執っていたはずの大公殿下が僕とモニカ教授の隣にやって来て、不思議そうに尋ねた。

「あ、大公殿下」

「はい……今回の遠征、モニカ教授の言葉でさらに気合いが入ったところです」

「はっは！　そうかそうか。じゃが、あまり気負い過ぎるのもいかんぞ？」

「はい！」

僕の返事に、嬉《うれ》しそうに微笑む大公殿下。

すると、一人の兵士がやって来た。

「報告します。先に向かっていた尖兵《せんぺい》によると、二週間前にセイルブリッジ付近に賊が現れたそうなのですが……」

「どうした？　何かあったのか？」

「何かあった、というわけではないのですが……実は、セイルブリッジを治めるセネット子爵の者が、賊と接触したようです」

「ほう……？」

報告を聞いた大公殿下の目が鋭くなる。

今の話から考えれば、セネット子爵が賊と通じている可能性があるってことだから、それも当然か。

「大公殿下……少しお尋ねしますが……」

「？　なんじゃ？」

「そもそも、オルレアン王国の国境付近という、皇国にとって要所となるようなところを、どうして子爵が治めているのですか？」

そう……今でこそ休戦しているものの、このサウザンクレイン皇国とオルレアン王国は敵対関係にある。

ならば、もっと軍事力も身分も高い貴族を配置するか、皇国直属の軍勢を配置しておくのが妥当のはずだから。

「はっは、良いところに気づいたのう。実はの、セネット子爵はいわば捨て駒なのじゃ」

「捨て駒、ですか？」

「うむ」

大公殿下曰《いわ》く、セネット子爵を始め国境付近に配置されている貴族の三分の一は、先の戦でオルレアン王国から皇国に寝返った者達らしい。

なので、いざオルレアン王国と戦となった場合、寝返った貴族達は裏切者として真っ先に狙われることになる。

「そして、それは皇国にとっても同じこと。他国でとはいえ、一度裏切った者をおいそれと信用するわけにはいかぬ。故に、戦の時はそれらの貴族達を捨て駒にし、本隊である皇国軍は、そのすぐ裏で監視も含めて控えておる、というわけじゃ」

「なるほど……」

確かに大公殿下の言うとおりだ。

だけど。

「その寝返った貴族達は、よくそんな状況を受け入れていますね……本来、戦で寝返ったのであればそれに見合う形で報いるのが普通だと思うのですが……」

「うむ。じゃが、寝返った者達の本領安堵《あんど》を褒賞《ほうしょう》としておるのに加えて、オルレアン側については切り取り自由としておる」

「ああ……そういうことですか」

つまり、元々あった領土はそのままで、さらに自分達の才覚で領土を拡大することができるのか……。

それなら、そんな状況であったとしても受け入れるのも不思議じゃないってことか。

「まあ、今回の賊の件、セネット子爵が絡《から》んでおるとなると、おそらくは偽りの寝返りであった可能性があるの。そもそも、賊も本当に賊であるか怪しいもんじゃわい」

「と、言いますと……まさか⁉」

「うむ。その賊、オルレアン王国の手の者かもしれん」

僕が思い至ると、大公殿下がゆっくりと頷《うなず》いた。

じゃあ皇国内で混乱を起こすために、オルレアン王国の兵士を賊に見立て、セネット子爵がわざと引き入れたということか……？

「はっは！　ただの賊退治が、なかなか複雑な状況になってしまっておるが、なあに！　それだけ婿殿が成長できる機会じゃ！」

「ふふ……私もなかなか面白い時に従軍したものです」

皇国にとって結構まずい状況ではないかと思うけど、大公殿下は意に介さずに笑い飛ばして僕の背中を叩《たた》き、モニカ教授が口の端を上げる。

だけど、大公殿下は僕の成長を第一に考えてくれて……。

そんな大公殿下が、僕にとって指標であり、憧れであり、そして……父親だった。

セイルブリッジ

「ふむ……ようやく着いたようじゃの」

皇都を出立してから半月。

ようやく、オルレアン王国との国境付近の街、セイルブリッジに到着した。

だが。

「大公殿下、街へは入らないのですか？」

「そうじゃな。入ってもよいが、そうなると街の者達が萎縮してしまうじゃろう。これから賊の討伐までは、ここで野営する」

「はい」

ということで、僕もモニカ教授や兵士達と一緒に野営の準備をしていると。

「おや、こちらにいらっしゃいましたか」

「あ……パートランド卿《きょう》」

「先程セネット家の者が来て、大公殿下が晩餐《ばんさん》の招待を受けましたので、ヒューゴ殿とモニカ殿にも同行するようにとのことです」

「わ、分かりました」

「ああ、分かった」

淡々と用件を伝えるパートランド卿に、僕は少し硬くなりながら頷いた。

「では、よろしくお願いします」

そう言うと、パートランド卿はまた持ち場へと戻って行った。

「ふふ……ひょっとしてヒューゴ君は、オリバーが苦手かな？」

「え？　あ、ああいえ、そういうわけではないんですが……」

モニカ教授にそう答えたものの、パートランド卿と会話する時は何故《なぜ》か緊張してしまう。

先日の将兵達との試合の時も、僕を気遣ってくれたりしたこともあり、懐《ふところ》が深い人だということは理解しているんだけど、ね……。

「おっと、僕もこうしちゃいられない。大公殿下にお供する支度をしないと」

「そうだな」

幕舎に入って服を着替え、サーコートを羽織ると、サーベルを持ってモニカ教授と一緒に大公殿下の元へと向かう。

「おお、待っておったぞ。では行こうか」

「「はい」」

大公殿下と僕、モニカ教授、それにパートランド卿の四人で、セネット子爵との晩餐に参加するようだ。

まあ、モニカ教授は言わずもがなだけど、パートランド卿も副官を務めるほどで腕も立つだろうから、何かあった場合も問題はないだろう……って、それは失礼な考えだな。

そして、僕達は馬車に乗って街に入り、セネット子爵の屋敷に到着すると。

「大公殿下、お待ちしておりました」

「うむ」

恭《うやうや》しく一礼するセネット子爵に向け、大公殿下はゆっくりと頷く。

「では、どうぞこちらへ」

セネット子爵にホールへと案内される……っ!?

「これはこれは、大公殿下……」

「はっは、まさかグレンヴィル卿もこの街に来ておったとはのう」

そこにいたのは、なんとグレンヴィル侯爵とルイスだった。

だけど、どうしてこの二人がこんな辺境の街に……？

「我が愚息は、殿下の元で粗相などしたりはしておりませんでしょうか？」

「もちろんじゃ！　このような有望な若者がウッドストック家に来てくれて、鼻が高いわい！」

僕の肩を叩きながら、大公殿下が豪快に笑う。

「ヒューゴよ、大公殿下の、そしてグレンヴィル家の名を穢《けが》さぬようにな」

「はい……承知しております」

僕は表情を変えないまま、グレンヴィル侯爵に向かって深々と一礼した。

「しかし、これは思わぬ形で家族水入らずとなったわけじゃが……グレンヴィル卿は、今日はここへどのような用件で？」

「実はこのセイルブリッジで、新たに事業を立ち上げようと思いましてな。私の後継者となるルイスも、勉強のために連れてきたのですよ」

「ほう……それはそれは」

大公殿下は顎鬚《あごひげ》を撫《な》でながらにこやかに話す。

だけど……僕には分かる。

そんな大公殿下の瞳は、一切笑っていないことを。

「では、しばらくはこの街に滞在される予定ですかな？」

「そうですな……予定では、一週間はこちらにいるつもりです」

大公殿下が尋ねると、グレンヴィルは淡々と告げた。

「さあさ、全員揃《そろ》ったところで、晩餐を始めましょう。今日は大公殿下とグレンヴィル閣下のためにと、うちの料理長が腕を振るっておりますので」

そして僕達は着席し、妙な緊張感に包まれた晩餐が始まった。

「ところで……セネット卿に先程お伺いしたところ、大公殿下は賊討伐のためにこの街にこられたとか」

「うむ。そして、良い機会じゃから婿殿に初陣《ういじん》を飾ってもらおうと思っての」

「そうですか」

グレンヴィルは大公殿下の答えを聞くと、僕をジロリ、と見やった後、前菜を一口食べる。

ルイスは食べるのに夢中で、先程から会話には一切加わっていない。

「ですが、皇国最強の大公軍が来たのですから、賊も瞬《また》く間に討伐されてしまうことでしょうな。それで、いつから討伐に取りかかるおつもりですかな？」

「そうじゃのう……オリバー、どうなっておる？」

「はい。まずはこの周辺の被害状況を確認した後、賊のアジトを調査、その上で逃げられないよう包囲し、殲滅《せんめつ》します。なので、少なくとも準備に十日は必要かと」

セネット子爵に尋ねられた大公殿下に話を振られ、パートランド卿が眼鏡をクイ、と持ち上げて淡々と答えた。

「はは……戦に関して電光石火の大公殿下にしては、珍しくゆっくりとされるのですな」

「まあのう。何と言っても、今回は婿殿の初陣じゃ。しっかり準備を整え、存分に活躍してもらわねばならんからの」

「はい。必ずや、大公殿下のご期待に添えるように努めます」

そう言って、僕は軽く頭を下げた。

「いやあ、大公殿下のおかげで、我が領民も安心できます」

「はっは、賊退治はこれからじゃぞ？」

大公殿下が和やかな雰囲気を醸《かも》し出しつつ、晩餐はつつがなく終わった。

「……全く、反吐《へど》が出るわい」

「ですね……」

セネット子爵の嘘で塗り固められた会話の数々に、大公殿下と僕は辟易《へきえき》する。

尖兵《せんぺい》の更なる調査で、こちらはセネット子爵と賊との関係について把握済みだ。

ただ、賊の素性についてはオルレアン王国の手の者かどうか、そこまでは確認できていないけど。

「じゃが、おそらく賊……いや、オルレアン王国の手の者は、早々に皇国から引き上げるじゃろう。さすがに大公軍一千を相手取るほどではないはずじゃからの」

「ですが、オリバーが嘘の討伐時期を伝えたことで、向こうの気が緩んだでしょうね」

「うむ、そうじゃの」

モニカ教授の言葉に、大公殿下が頷く。

「では大公殿下、いつ動きますか？」

「もちろん、明日夜襲をかける。逃げられる前にの」

パートランド卿が抑揚のない声で事務的に尋ねると、大公殿下がそう答えた。

明日の夜、いよいよ僕の初陣か。

「あと……グレンヴィルの小倅《こせがれ》め、このような辺境で事業とは……一体、何を考えておるのじゃ？」

そう言って、大公殿下は首を傾《かし》げる。

僕も、それに関しては気になっていた。

何故なら、僕の六度の人生の中ではあの男がセイルブリッジ近辺で事業を行っていたなどという記憶は一切ない。

本当に、事業の立ち上げが目的なのか……？

「まあ、今は賊を討伐することに集中するんじゃ。グレンヴィルの行動については、それが終わり次第調査することとしよう」

「……はい」

微笑《ほほえ》みながらポン、と肩を叩く大公殿下に、もやもやした気分ながらも頷《うなず》いた。

「では三人共、今日のところはゆっくりと休むがよい……っと、そうじゃ、忘れるところじゃったわい。オリバー」

「ヒューゴ殿、どうぞ」

僕はパートランド卿から、一通の書状を受け取った。

「それをセイルブリッジのゲート管理者に見せれば、いつでも使えるように手配してあるからの」

「！　ありがとうございます！」

「ふふ、メルトレーザ君によろしくな」

「あ！　もちろん私のこともじゃぞ！」

「分かりました！」

僕は書状を持ってゲートがある建物へと走って向かう。

管理者に書状を見せて中へと案内されると、そこには転移魔法陣と四つの魔石が配置されていた。

「行き先の座標については既に調整済みですので、いつでも行けますよ」

「はい！　ありがとうございます！」

僕は居ても立っても居られず、すぐに魔法陣の上に乗った。

すると。

「っ！　ヒュー！　お帰りなさい！」

「メルザ……ただいま」

満面の笑みで飛び込んできたメルザを、僕は優しく抱き留めた。

失う怖さ

「そんなことが……」

僕はメルザと夜の庭園に来て、テラスに置いてあるベンチに並んで座りながら遠征での道中のこと、そして、今日の出来事を説明した。

「はい……ですので、明日の夜はいよいよ賊の討伐を決行します」

「……………………」

メルザにそう告げると、彼女はうつむいてしまった。

多分、僕のことを心配してくれてのことだろう。

「メルザ……この賊の討伐に関しては、既に万全の態勢を取っています。万が一、と考えているのかもしれませんが、今回に関しては絶対に大丈夫です」

僕はメルザに少しでも安心してもらおうと、あえてそう断言する。

そうとも、僕は絶対に無傷で全てを成し遂げてみせる。

「……ヒュー、今の言葉、私に誓ってくださいますか……？」

「はい……この、ヒューゴ＝グレンヴィルの名にかけて」

僕はメルザの前で跪《ひざまず》き、その白い手を取って誓いの口づけをした。

すると。

「うわっ⁉」

「ヒュー……ッ！」

メルザが跪く僕に覆いかぶさるように、抱きしめてきた。

「絶対に……絶対に……っ！」

「はい……絶対です」

メルザの身体《からだ》が、震えている……。

僕は、その身体を優しく抱きしめ返した。

少しでも、メルザの不安を取り除くために。

僕の温《ぬく》もりを、感じてもらうために。

「……では、そろそろ戻ります」

「あ……」

メルザからそっと離れ、僕は立ち上がる。

「メルザ……賊の討伐が終われば、僕はすぐにあなたの元に帰ってきます。ですので、待っていてください」

「はい……！」

涙ぐむメルザの髪を優しく撫でる。

柔らかくて艶やかで、綺麗《きれい》なメルザの黒髪を。

「そ、そうでした……私ったら大事なことを忘れるところでした」

「？　どうしました？」

するとメルザは、持ってきたバスケットの中から何かを取り出した。

「……メルザ、それは？」

「あなたが遠征に行っている間、作っていたものです……」

それは、赤と藍色で結った房飾りだった。

「ヒュー、これをサーベルにつけてほしいんです。そして、お願いですから無傷で帰ってきて、私にもう一度あなたの元気な姿を……あなたの笑顔を見せてください」

「はい……はい……！」

僕は房飾りを受け取ると、ギュ、と慈《いつく》しむように握りしめた。

「ふふ……私の瞳と、あなたの瞳の色です。これなら、私もあなたと一緒ですから」

そう言うと、メルザは濡《ぬ》れた瞳でにこり、と微笑んだ。

◇

「はっは！　婿殿は英気を養えたかの？」

次の日の夕方、軍本部の幕舎へとやって来ると、大公殿下にバシバシと背中を叩《たた》かれた。

だけど、英気を養うといっても今朝から戦の準備で大忙しだったんだけど……。

「それで？　私の分はないのかの？」

「あ……」

僕のサーベルの柄《つか》につけた房飾りを見て、大公殿下がニンマリ、と笑った。

なるほど……これを目ざとく見つけての質問だったのか。

「すいません、メルザからはこれだけしかいただいていません」

「何じゃ……本当にメルは婿殿ばっかりで、私には何もないのう……」

そう言って、大公殿下は肩を落とす。

「あはは……ですが、大公殿下が無事帰還されるのを待っていると言っていましたよ」

「本当か！　はっは！　全く……メルも素直じゃないのう！」

うん、どうやら大公殿下の機嫌も直ったみたいだ。

でも、単純というか、何というか……。

「それと」

急に大公殿下の表情が真剣なものに変わり、僕を見据えた。

「……何かありましたか？」

「うむ。まず一つ目は、昨夜の晩餐《ばんさん》の後、早速セネット子爵の使用人が賊と接触していたところが確認された。おそらく、私達の襲撃計画を知らせたのじゃろう」

「でしょうね。となると、少なくとも賊は、大公軍の今夜の襲撃はないと考えるでしょうね」

「じゃろうな」

大公殿下が、口の端を上げる。

「ですが、一つ目とおっしゃったということは、まだ他に何かあるのですか？」

「そうなんじゃ。実は、グレンヴィルの小倅が、息子を連れて今朝早くにゲートをくぐって皇都へと帰ったようじゃ」

「帰った？」

僕は思わず大公殿下に聞き返した。

確かグレンヴィルは、事業の立ち上げのために一週間滞在すると言っていたはず。

なのに、それをキャンセルして皇都に帰るなんて、行動が怪しすぎる。

これじゃまるで、大公軍がやって来たから逃げたみたいじゃないか……。

「……大公殿下、ひょっとしたらグレンヴィルは、セネット子爵……いえ、賊との一件に関与している可能性があるのかもしれませんね」

「婿殿もそう思うか」

「はい……実は僕の六度の人生においても、グレンヴィルがセネット子爵と交友関係にあったという事実も、セイルブリッジで事業を立ち上げたということも、聞いたことがありません。なら、少なくとも表立ったものではないということ」

「うむ……」

僕の言葉に、大公殿下が考え込む。

「いずれにせよ、賊を討伐すれば色々と分かるでしょう。それで、賊討伐後はセネット子爵も捕縛されるのですよね？」

「当然じゃ。賊と関与しておることは明らかじゃからの」

「では、その時にグレンヴィルとの関係についても吐かせるほかありませんね」

「じゃな」

そう言って、僕と大公殿下は頷《うなず》き合った。

すると。

「大公殿下、全ての準備が整いました。いつでも出陣できます」

パートランド卿《きょう》が、報告をしにやって来た。

「うむ。それで、セネット子爵には気づかれてはおらぬだろうな？」

「はい。やはりあの晩餐での大公殿下と私の説明を聞いたことでかなり気が緩んでいるようで、今のところ賊には目立った動きはありません。加えて、セネット子爵からもこちらの軍への接触は一切ありません」

「そうか。それは重畳」

淡々と説明するパートランド卿の言葉に、大公殿下は顎鬚《あごひげ》を撫《な》でながら頷く。

「よし。では予定どおり、セネット子爵に気づかれぬよう皆が寝静まる深夜〇時に賊の砦《とりで》へ向けて出陣する」

「「承知しました」」

僕とパートランド卿は揃《そろ》って頷く。

さあ……いよいよ、賊の討伐がはじまる。

とはいえ、事前の調査では賊の数は約三百。こちらの軍は一千だから、兵力差も三倍以上、すぐに片づくだろう。

「では、最終準備に取り掛かりますので、失礼します」

パートランド卿は恭《うやうや》しく一礼し、幕舎を出て行った。

「それにしても……婿殿、思ったより浮き足立ってはおらぬようじゃの？」

「あはは……まあ、こういった修羅場には慣れてますから……」

大公殿下に感心しつつも、少し心配した様子で尋ねられ、僕は苦笑しながら頷く。

一度目の人生では、元々暗殺者をしていたということもあって、人の生き死にには何度も目《ま》の当たりにしてきたし、実際に僕の手は何人もの人間を殺《あや》めてきた。

それに、自分自身も六度も死を経験してきたんだ。そういった恐怖というものも、ある意味克服しているといってもおかしくない。

でも。

「……今の僕は、死ぬのが怖いです」

「ほう？」

僕の答えを聞き、大公殿下が興味深そうに身を乗り出した。

「はい……僕は死にたくない。この七度目の人生で、ようやく幸せを……メルザを、家族を手に入れたんです。僕は、それを絶対に手放したくない」

「はっは、そうか……分かっておるならよい」

大公殿下は、満足そうに頷いた。

賊討伐とその正体

「賊の動きはどうじゃ？」

予定どおり深夜〇時に出陣した大公軍は、その一時間後には賊に気づかれないように砦を包囲した。

あとは、大公殿下の号令一つで総攻撃を仕掛けるだけだ。

「はっ！　今のところ、こちらの動きに気づいている様子はありません！」

「そうか」

兵士の報告を聞き、大公殿下は満足そうに頷いた。

「さて……それで婿殿、今回が初陣《ういじん》ということになるわけじゃが、お主ならどう攻める？」

大公殿下が僕を見やり、そう尋ねる。

その表情を見る限り、僕を試して楽しんでいるようだ。

　なら僕も、それに応えないとね。

　大公殿下の後継者と、認めてもらえるように。

「はい。賊の砦を見る限り、正面と両側面に関しては平地であるのに対し、裏手に関しては山に面しています」

「ふむ」

「でしたら、僕なら三方向から攻撃を仕掛け、正面が開いた瞬間に騎馬により突撃、そのまま賊の背後を取って四方向から挟撃します」

「ほう……何故《なぜ》そんなことをするのじゃ？　別に三方向のみでもよいのでは？」

　僕の説明を聞いた大公殿下が、興味深そうに尋ねた。

「僕の見立てでは、あの裏手に万が一の時のための脱出路を確保していると踏みました。なら、騎馬による突撃で一気に裏手を確保してしまえば、誰一人取り逃がすことなく賊を殲滅《せんめつ》できるかと」

「なるほどのう……オリバー、モニカ、どう思う？」

「……私は、その作戦には無理があると考えます」

　パートランド卿は、そう言ってかぶりを振った。

　どうやら、僕の作戦はお気に召さないようだ。

「確かにヒューゴ殿のおっしゃるとおり、裏手に脱出路があるのは間違いないでしょう。ですが、騎馬が三百人の賊を突き破って背後に回れるという保証は？」

なるほど……パートランド卿の言うことは正しい。

ただし、それは僕達がいない場合だ。

「保証ならあります。何故なら、この軍には皇国最強の武人、大公殿下がいらっしゃいます。それに加え、〝赤い死神〟も」

「ふふ……私の存在も作戦に含まれている、か」

「当然です。効率よく、かつ、こちらの兵士に被害が及ばずに賊を一人残らず殲滅するのなら、僕はこれが最適解だと考えます」

そう……大公殿下は、別に自分達を戦力に加えてはいけないという条件は課していない。

ならば、皇国最強の武人達の力は最大限活用しないと。

「ですが、その作戦は大公殿下やモニカが、そしてヒューゴ殿がいてこそ成り立つもの。作戦と呼べるものではありません」

「もちろん、僕も大公殿下やモニカ教授を除いてという条件下であれば、まずは裏手の山を調査して脱出路の出口を捜索し、兵を配置した上で三方向から攻め立てる方法を取ります」

かぶりを振るパートランド卿にそう答えると、彼は口の端を上げた。

どうやら、彼が考えていた正解はこちらだったようだ。

「なるほど……そこまで理解した上で、さらに効率と成果を考え、その作戦を導き出したということですか……なら、私としても否《いな》やはありません」

パートランド卿は、納得の表情で頷く。

だけど……本当は彼も、僕と同じ作戦だったんだろう。それでも、僕を試すためにあえて反対してみせたんだな。

「うむ！　なら、その作戦でゆこうぞ！　三方向の兵士の指揮はオリバーに任せる！　私と婿殿、モニカの三人で、賊に突撃して裏手を確保するのじゃ！」

「はい！」

「「はっ！」」

僕達は、大公殿下の号令に敬礼した。

そして。

「全軍！　賊の砦へ突撃！　一人残らず殲滅するのじゃ！　絶対に取り逃がすな！」

「「「おおおおお！」」」

大公殿下の合図で、大公軍の兵士達が一斉に賊の砦を包囲し、門へと一気に突撃していった。

砦も、一応はその体をなしているけど、こちらの軍勢を抑え込めるほどのものじゃない。

大公軍はアッサリと砦の門を破ると、その中へとなだれ込んだ。

「さあさあ！　我こそはサウザンクレイン皇国が誇る、シリル＝オブ＝ウッドストックじゃ！　死にたくなければ前を開けろ！」

名乗りを上げながら、大公殿下は縦横無尽にハルバードを振り回して砦の中を裏手へ向かって突き進んでいく。

もちろん、その後には僕とモニカ教授も。

そのまま一気に抜けた僕達は、裏手の脱出路へ繋《つな》がっていると思われる扉を背にすると、賊と対峙《たいじ》した。

「さあ、かかってまいれ！」

「「「うおおおおおおお！」」」

脱出路を押さえられたことを理解したんだろう。

賊達は、死に物狂いで僕達三人へと襲いかかってきた。

だけど。

「げぼあっ⁉」

「ぐぎゃ⁉」

「がひゅっ⁉」

そのほとんどが、ハルバードとモニカ教授の大剣、そして、僕のサーベルの餌食《えじき》となっていく。

すると。

「テメエ等《ら》！　このまま明日の朝まで逃げ切れば俺達の勝ちなんだ！　だから、死に物狂いで脱出路を取り戻せ！」

賊の集団の中に、そんなことを叫んでいる髭《ひげ》を生やした少し小柄な男を発見した。

おそらく、その服装や不釣り合いな剣からも、あいつが賊の頭領……っ⁉

「あ、あれは⁉」

「む、どうしたんじゃ？」

驚きの声を上げる僕を、大公殿下とモニカ教授が不思議そうに見る。

だけど、僕はあの男を知っている。

あれは、一度目の人生と六度目の人生で出会った男。

僕が十八歳の時にグレンヴィルに正式に雇われ、グレンヴィル家の騎士団とは別の部隊として組織された、荒くれ者の集団、『バルド傭兵団《ようへいだん》』の団長。

そして、グレンヴィルのクーデターに加担することとなる男。

——ドミニク＝バルド。

どうしてあの男がここに⁉　いや、なんで賊の頭領なんかやっているんだ⁉

「あっ！　ヒュ、ヒューゴ君！」

モニカ教授が慌てて声をかけるが、僕はそれを無視して賊の中へと突っ込んでいく。

あの男……ドミニク＝バルドに話を聞くために。

「っ！　あのガキ、突っ込んできやがった！　テメエ等、さっさと蹴散らせ！」

バルドの命令を受けた賊達が次から次へと向かってくるが。

「おおおおおおおおおおおおおッッッ！」

僕は雄叫《おたけ》びを上げながらそれを全て斬り伏せる。

こんな連中にかかずらっている暇はないんだ！

そして。

「……ドミニク＝バルド、あとは貴様と五人の手下だけだ」

「っ⁉　な、なんでテメエが俺の名前を知ってやがる⁉」

やはり……あのドミニク＝バルドで間違いなさそうだ。

「貴様に聞きたい。貴様は、バルド傭兵団の団長じゃないのか？　どうして賊の頭領なんてやっている？」

「つーか……なんでテメエみたいなガキが、俺のことを知ってやがるんだ？」

「いいから答えろ」

訝《いぶか》しげに睨《にら》みつけるバルドに、僕はサーベルの切っ先を向けた。

「ヘッ！　知らねえな。それより、テメエこそ何者だ」

「僕のことはどうでもいい。とにかく、貴様には色々と吐いてもらうぞ」

バルドの言葉を無視し、僕は少しずつ詰め寄る。

そして。

「フッ！」

僕は短く一息吐《つ》くと同時に地面を蹴る。

それを見たバルドの手下達が剣を上段や下段に構えながら迫るが、それよりも一瞬早く、僕はその懐《ふところ》に飛び込むと。

「ギャ⁉」

「ごふっ⁉」

「あえ⁉」

一人目は腹を横薙《な》ぎに、二人目は肩口から袈裟《けさ》斬りに、そして三人目はその首をサーベルで串刺しにした。

「っ⁉　テ、テメエ等、ソイツを絶対に足止めしろっ！」

「「は、はい！」」

バルドが残る二人の手下に指示を出し、そのまま反転して逃げ出す。

だけど……逃がすつもりはない。

「どけえええええええ！」

僕は残る二人を、悲鳴を上げる暇さえ与えずに斬り伏せると、バルドを全速力で追いかける。

そして。

「それまでだ」

「ヒッ⁉」

追いついた僕は、バルドの首元にサーベルの刃を突きつけた。

「貴様、後で色々と吐いてもらうぞ。覚悟しておけ」

「へ、へへ……俺を捕らえたところで、意味はねえんだよ」

「？　どういうことだ？」

薄ら笑いを浮かべながらそう告げるバルドに、僕は思わず聞き返した。

「分からねえか？　テメエ等の大将、シリル＝オブ＝ウッドストックには弱点があるのをよ」

弱点？　あの、皇国最強の大公殿下に弱点だって？

「馬鹿な。世迷言《よまいごと》を……」

「ハハハハハ！　あの〝戦鬼〟が可愛《かわい》がってる孫娘、今頃はあの野郎の手に渡ってるだろうぜ！　そうなりゃ、いくら〝戦鬼〟だろうと手出しできねえだろうよ！」

「っ⁉」

バルドの言葉に、戦慄が走る。

まさか……メルザが狙われている⁉

「貴様ああああああああッッッ！」

「ギャッ⁉」

「言え！　メルザをどうするつもりだ！」

「ぐう……へ、へへ……だから言ってるじゃねえか……今頃は、その孫娘は攫《さら》われちまってるよ……んで、それを〝戦鬼〟にチラつかせりゃ、どうなるかな……？」

「クソッ！」

「ガフ……ッ⁉」

僕はバルドをサーベルの柄《つか》で思い切り打ち据えて意識を奪った。

「ヒューゴ君！　全く……無茶をする」

賊を蹴散らして僕の傍《そば》に駆けつけたモニカ教授が、安堵《あんど》の表情を浮かべる。

「……モニカ教授、この男は……賊の首領は、あなたに任せます」

「っ⁉　ヒューゴ君、どこへ⁉」

「メルザが……メルザが危ない！」

モニカ教授に一言そう告げると、僕は馬に跨《また》がって一気に砦《とりで》を飛び出した」

「あれは……ヒューゴ殿⁉」

パートランド卿《きょう》の呼ぶ声も無視し、ひたすら馬を走らせる。

ゲートのある、セイルブリッジを目指して。

「メルザ……どうか無事で……っ！」

侵入者

■メルトレーザ＝オブ＝ウッドストック視点

寝つけない私は、あの庭園のベンチに座りながら、一人月を眺めている。

ヒューは今、同じ月の下で賊の討伐をしているはず。

「ヒュー……」

昨夜、彼は確かに私に誓ってくれた。

絶対に大丈夫だと……すぐに、私の元に帰ってきてくださると……。

もちろん、そんなヒューのためにお守りの房飾りも渡した。

今頃、それを付けたサーベルで戦っているはず。

だから……だから……。

「女神グレーネ様……どうか、ヒューを無事に私の元へ帰してください……！」

今まで祈ったこともない女神の名前を呟《つぶや》きながら、私は手を合わせて祈る。

最愛の人の無事を願って。

すると。

「…………………………？」

私は祈りを止め、顔を上げた。

今……確かに私への悪意を感じた。

私は周囲を見回し、その悪意の元を探る。

「向こうから、ですね……」

屋敷の裏手から、悪意がこちらへと向かってくるのが分かる。

その数、六人。

「……お祖父《じい》様とヒューがいないのをいいことに、ウッドストック家の屋敷に侵入するなんていい度胸ですね」

悪意の方角へ向け、私はポツリ、と呟く。

そして、悪意を持った連中の向かった先は……これは、私の部屋？

それも、一度も迷うことなく真っ直《ます》ぐにたどり着くなんて……何者かが手引きしたとしか考えられない。

一体、誰が……。

だけど、私が部屋にいないからか、悪意を持った連中は手当たり次第屋敷の中を探し回る。

すると。

「っ⁉」

連中の一人が、窓から庭園にいる私を見つけた。

ものの数分で、悪意を持った連中はここに駆けつけるでしょう。

「ふふ……馬鹿な人達です」

私は、ニタア、と口の端を吊《つ》り上げる。

そもそも、ヴァンパイアであるこの私を狙うなんて、愚かもいいところです。

そんな馬鹿な連中の顔を、拝んで差し上げるといたしましょう。

「……見つけたぞ」

現れたのは、黒装束に身を包んだ者五人と、一人だけ浮いているかのように甲冑《かっちゅう》を全身にまとった、仮面を被《かぶ》った大柄の男だった。

「ふふ……あなた方は、この私を狙ってきた、ということでよろしいかしら？」

「大人しく私達に従えば、危害は加えん」

どうやら甲冑の男がこの連中のリーダーのようですが、また都合のいい言葉を。

私には、その言葉が嘘であると、はっきりと視《み》えていますよ？

「断ったらどうしますか？」

「無論、無理やりにでも従わせるまで」

甲冑の男の言葉の後、黒装束の五人が私を取り囲んだ。

ふふ……このまま私を手籠《てご》めにでもするおつもりでしょうか。

「では、お断りいたします」

そう言うと、私は優雅にカーテシーをした。

その瞬間。

「ふふ……そのように婚約者のいる淑女に許可もなく触れようとするのは、礼儀知らずも甚だしいですね」

「がっ⁉」

つかみかかった黒装束の男の腕を逆につかみ、そのまま無造作に持ち上げて地面に叩《たた》きつけた。

何か鈍い音が聞こえましたが、気にしないようにいたしましょう。

「っ！　この……！」

他の黒装束の男達も一斉に襲いかかってきますけど、あまりに動きが緩慢すぎて、思わず欠伸《あくび》が出てしまいそうです。

なので。

「うぐっ⁉」

「ガハッ⁉」

私は黒装束の男達に次々と平手打ちをすると、男達は首を変な方向に向けながら地面に転がった。

ふふ……他愛のないこと。

「さて……残るはあなた一人ですが」

「…………………〝怪物〟め」

口の端を吊り上げながらそう告げると、甲冑の男は仮面の奥から忌々《いまいま》しげな視線を向けてくる。

ヒューと出逢《であ》ってからは聞くことのなかった、〝怪物〟という言葉を呟きながら。

「ならば、この私が怪物退治とまいろうぞ」

甲冑の男が、通常よりも一・五倍もある長い剣を鞘《さや》から抜いた。

「クク……別に〝怪物〟を屠《ほふ》ったとしても、生きていると偽れば何ら問題はない。大人しく死んでもらおう」

……本当に、勝手な言い分です。

その尊大な態度も、いやらしい笑い方も、何もかもがヒューとは違います。

ヒューなら、私のことを誰よりも大切にしてくれて、癒やしてくれて、包み込んでくれて……。

決して、私のことを〝怪物〟などと言わないし、誰にも呼ばせない。そんな優しさに溢《あふ》れた、世界一素敵な御方《おかた》。

ヒュー……あなたに逢《あ》いたい……あなたに触れたい……。

そんな願いが、想《おも》いが、私の中を駆け巡る。

〝怪物〟と蔑まれ、本当は傷ついているこの心を、あなたの優しさで癒やしてほしいと叫びながら。

「さあ……死ね」

そんな私の想いを遮るかのように、甲冑の男は長剣を振り上げる。

その時。

「っ⁉」

「貴様……誰に刃《やいば》を向けている」

私の後ろから、狂おしいほどに求めた声が聞こえた。

これは……幻聴？

私は、おそるおそる振り返る。

そこには。

「あ……ああ……！」

「誰に刃を向けているのかと聞いているんだ！」

ああ……！　いる！　確かに、ここにいる……！

私の愛する、たった一人の御方。


――ヒューゴ＝グレンヴィル、その人が。

近衛《このえ》騎士団長

「誰に刃を向けているのかと聞いているんだ！」

セイルブリッジのゲートを通り、大公家の屋敷へと転移した僕は、真っ先に庭園へと向かった。

もしメルザがいるとすれば、ここに違いないと思ったから。

そして、それは正解だった。

ただし、今まさに甲冑をまとった男が剣を振り下ろす直前だったけど。

「……貴様、どうしてここに？」

甲冑の男の声を無視し、僕はメルザの元へと駆け寄る。

「メルザ！　無事ですか⁉」

「はい……私は大丈夫です。このような連中に後れを取らないことは、ヒューもご存じのはず……っ⁉」

「よかった……よかった……！」

僕は、メルザが無事だということに安堵《あんど》し、彼女の言葉を遮って思わず抱きしめた。

本当に……よかった……っ。

「ヒュー……ヒュー……ッ！」

メルザも、そんな僕を強く抱きしめ返してくれた。

まるで、迷子がようやく母親にめぐり逢えたかのように。

「貴様等《ら》！　こちらを向かんか！」

……せっかくメルザの無事を喜んでいたというのに、甲冑の男が長剣を地面に叩きつけ、大声で叫んで邪魔をする。

本当に、目障《めざわ》りな男だ。

「何だ、僕は今忙しいんだ。邪魔をするな」

メルザが無事であったことに安堵してようやく冷静さを取り戻したものの、せっかくのメルザとの再会を邪魔されて機嫌が悪い僕は、ぶっきらぼうにそう告げる。

「だが……クク、聞いてはおったものの、よもやそのような〝怪物〟に本当に懸想《けそう》するなどとは、あやつも浮かばれんわ」

「……貴様、何者だ」

「闇討ちを仕掛けておきながら、問われて答える馬鹿がどこにいる」

まあ、それはこの男の言うとおりではあるが、それでも。

「……取り消せ」

「ん？　何をだ？」

「決まっている。貴様の言った、〝怪物〟という言葉をだ」

僕は自分でも驚くほど低い声で、甲冑の男にそう告げる。

だけど。

「クク……クハハハハハ！　〝怪物〟に〝怪物〟と申して何が悪い！　この私もただの噂《うわさ》だと思っておったが、実際に目の前で私の部下達が倒されたところを目の当《ま》たりにしては、噂は真実なのだと信じざるを得ぬわ！」

僕を……何より、僕のメルザを馬鹿にするかのように、甲冑《かっちゅう》の男は嘲笑《あざわら》う。

「しかも、〝怪物〟の分際で人間に懸想するなど、分も弁《わきま》えぬ愚か者よ！　そして、そんな〝怪物〟に懸想しておる貴様もな！」

ああ……僕の心が、急速に冷えていく。

目の前の、僕の愛する女性《ひと》を下劣な口で穢《けが》すこの屑《くず》を、今すぐ消してしまえと静かに

……ただ静かにささやいている。

だけど、その前に僕は、この屑に告げなければならない。

「……貴様の言う〝怪物〟というのは一体何なんだ」

「は？」

「勝手に人の屋敷に礼も弁えずに侵入し、大公殿下に敵《かな》わないからと十五歳の少女を攫《さら》うといった卑劣な真似《まね》を画策し、思いどおりにならないとなれば、勝手に〝怪物〟だなどと罵る……これじゃ、どちらが醜い〝怪物〟なのか分かりはしない」

「っ！　貴様、黙れ！」

　僕に図星を突かれ、甲冑の男が激昂《げきこう》した。

「黙らないよ。いいか、メルザは誰からも愛されなかった、そんな何の価値もなかった僕を優しく包み込み、与え、支えてくれる、慈愛に満ちた世界一素敵で高潔な女性《ひと》なんだ。〝怪物〟？　馬鹿も休み休み言え。この醜い〝怪物〟が」

「黙れえええええええ！」

　とうとう我慢しきれなくなったのか、甲冑の男が長剣を再度振り上げ、肩に担《かつ》いだ。

「メルザ……すぐに、この男に分からせてやります。メルトレーザ＝オブ＝ウッドストックという女性《ひと》が、どれだけ素晴らしい女性《ひと》なのかということを。僕の、このサーベルで」

「ヒュー……はい……はい……っ！」

　メルザは、その真紅の瞳から大粒の涙をぽろぽろと零《こぼ》しながら、戦いの邪魔にならないようにとそっと僕から離れた。

「さて……ところで貴様、その長剣といい構えといい、既視感を覚えるんだけど……まさかとは思うが、サイラスじゃないよな？」

「っ⁉」

　そんな僕の問いかけに、甲冑の男が一瞬硬直した。

「はは、なるほど……そういうことか。だったら、貴様の息子が第二皇子をはじめ、大勢の生徒の前で恥をかかされたことは知っているだろう？　そして、この僕に打ちのめされた事実も」

「……………………」

さすがに、自分の素性がバレるような会話には乗ってこないか。

だけど、かなり憤慨していることは、その震える肩や地面を何度も蹴りつける仕草からお見通しなんだよ。

「さあ、かかってきたらどうなんだ？　近衛騎士団長殿」

「ウオオオオオオオオオオオッッッ！」

僕がその正体を告げた瞬間、甲冑の男……いや、サウザンクレイン皇国近衛騎士団長、ギルバート＝マクレガン伯爵は、雄叫《おたけ》びを上げながら突撃してきた。

その初手の動きからもサイラスの奴と同じだけど、気迫、速さ共にサイラスとは比べものにならない。

「ぬうんッッッ！」

身体《からだ》の捻《ひね》りを加え、近衛騎士団長は渾身《こんしん》の一撃を繰り出した。

それこそ、この僕を原形も留《とど》めないほど叩《たた》き潰す勢いで。

だけど。

「っ⁉」

僕は、そんな一撃を軽く躱《かわ》す。

確かに近衛騎士団長は皇国内でも強者《つわもの》の部類に入るだろう。

でも……僕の師匠であり父である、大公殿下には遠く及ばない。

「食《く》らえ」

サーベルを鞘から一気に引き抜くと、僕は近衛騎士団長に向けて連撃を繰り出す……

っ⁉

――ガアンッ！

「……その甲冑、硬いな」

「クク……当然だ。我が家に代々伝わる、鋼を幾重にも重ね合わせて鍛え抜かれた、最高の甲冑なのだぞ？　貴様のそのような不格好なサーベルが通用するわけがないだろう！」

近衛騎士団長が得意げに語る。

僕の攻撃をその最高の甲冑とやらで弾《はじ》き切ったことで、自信を得たのだろう。

「はは……自慢の甲冑を持ち出してまで、メルザが……いや、この場合は大公殿下か。そんなに怖いのか？」

「何を！」

近衛騎士団長はすぐに反論するけど、先祖代々の甲冑を身にまとってまでここに来たということは、万が一大公殿下と遭遇した場合、勝てる自信がないことの証明だ。

いや……甲冑を着た程度で勝てるのであれば、無駄に気位だけは高そうなこの男なら、最初から皇国最強を名乗っているか。

それをしないということは、そんな大層な甲冑を身に着けてもなお、大公殿下の足元にも及ばないと自分で言っているようなものだから。

「……まあいい。なら、貴様に教えてやる。僕が……僕こそが大公殿下の後継者である、その意味を」

「小癪《こしゃく》な!」

近衛騎士団長が、先程と同じように長剣を肩に担ぎ、突撃の体勢を取る。

一方の僕も、サーベルを上段に構え、後ろ足に重心を乗せた。

そして。

「ウオオオオオオオオオオッッッ!」

先程と同じように、近衛《この え》騎士団長は僕に向かって突撃してきた。

でも、今度は僕も一歩もひくつもりはない。

だって、僕はこの男を真っ向から打ち倒すから。

大公殿下の、後継者としての僕をまざまざと見せつけるために。

「っ⁉」

重心を乗せていた後ろ足で思い切り地面を蹴り、僕は近衛騎士団長の懐《ふところ》に飛び込んだ。

「おおおおおおおおおおおおッッッ！」

雄叫びを上げ、僕はサーベルを打ち下ろす。

近衛騎士団長よりも速く、近衛騎士団長よりも先に。

――ギイイイイイイイイインン……ッ！

激しい金属音が闇夜の庭園に響き渡る。

その時。

「ば……馬鹿、な……ッ⁉」

近衛騎士団長の甲冑は肩口から腹にかけて見事に切断されると、そこから鮮血が噴き出し、地面に前のめりに倒れた。

「ハア……本当に、無駄に硬いなあ……」

そんな近衛騎士団長を見て、僕は溜息《ためいき》を吐《つ》いて呟《つぶや》く。

甲冑がなければ、間違いなくこの男は肩口から縦に二つに分かれていただろうけど、先祖代々の最高の甲冑というのは、どうやら嘘ではなかったみたいだ。

「ヒュー！」

戦いをジッと見守っていてくれたメルザが、僕の胸に飛び込んできた。

「メルザ……僕は、あなたを守れたでしょうか？」

「はい……！　あなたは、この私を守ってくださいました！　救ってくださいました……！　誇りを、尊厳を……そして、この心を……！」

「良かった……」

彼女の艶やかな黒髪に顔をうずめ、その匂いを堪能《たんのう》する。

「でしたら、誰よりも大切なあなたを守れた証《あかし》として、僕の血を飲んでいただけませんでしょうか……賊討伐の成功を含め、是非ともあなたに勝利の美酒を味わってほしいんです」

「ヒュー……その、よろしいのでしょうか……？」

メルザは僕の顔を覗《のぞ》き込みながら、遠慮がちに尋ねる。

「もちろんです。僕にとって、あなたの喜ぶ姿を見ることこそが、何よりのご褒美《ほうび》です」

「あ……ふふ、では……」

クスリ、と笑うと、メルザが僕の首筋に顔を寄せると。

「かぷ……ふ……ん、ん、ん……ぷあ……」

牙を突き立て、一口、二口と僕の血を堪能した後、そっと離れた。

「はあ……！」

東の空が白む中、メルザは恍惚《こうこつ》の表情を浮かべる。

そんな彼女に、僕はいつまでも見惚《みと》れていた。

騎士の誓い

近衛騎士団長以下屋敷に侵入した者全員を捕縛して屋敷の地下牢《ろう》に放り込んだ後、僕はメルザと共にゲートを通ってセイルブリッジへ、そして大公軍の幕舎へと戻った。

「婿殿！」

「ヒューゴ君！」

「ヒューゴ殿！」

僕が急に賊の砦《とりで》から飛び出してしまったので、心配してくれていたのだろう。

大公殿下達が、僕達の姿を見た瞬間、駆け寄ってきた。

「急に戦場を抜け出してしもうたから、びっくりしたんじゃぞ?」

「申し訳ありません……実は……」

僕は、大公家の屋敷で起こった顚末《てんまつ》を三人に説明した。

「……ほう。あの青二才め、メルに手を出そうとしよるとは、の」

大公殿下が、鬼神のような表情を見せる。

もし今、あの男が目の前にいれば、それこそ捻り殺していたと思う。

「……マクレガン伯爵に自殺願望があるとは、思いもよりませんでした」

「うむ……」

パートランド卿《きょう》の言葉に、モニカ教授が何度も頷《うなず》いた。

僕も、その意見に完全同意します。

「それで、賊も討伐しましたし、この後はどうなさるのですか?」

「うむ。もちろん、賊と通じておったセネット子爵も捕縛し、皇都へ連行する。今回の件は色々と根が深そうじゃから、取り調べだけでもかなり時間がかかりそうじゃがの」

「ですね……」

セネット子爵が賊と通じていた理由、近衛騎士団長の関与、それらを解明するだけでも、相当の時間を要するだろうし、これで全てが終わりだとも思えない。

何より、どうしてバルド傭兵団《ようへいだん》が賊なんてしていたのか。

そして、何故《なぜ》グレンヴィルがセイルブリッジに来ていて、すぐに皇都に帰ってしまったのか……いや、それについては答えが出ている、か……。

「ヒュー……」

見ると、メルザが心配そうに僕の顔を見つめていた。

「あはは、大丈夫ですよ……とにかく、これで賊討伐も終わりました。さあ、あの屋敷に帰りましょう！」

「はい！」

「はっは！　そうじゃの！」

「うむ！」

「ええ」

僕達五人は勝利を噛《か》みしめながら、ただ笑い合った。

◇

賊の討伐を終えて一か月が経《た》ち、今もセネット子爵と賊の頭領ドミニク＝バルド、そして元近衛騎士団長ギルバート＝マクレガン伯爵の取り調べが行われている。

だけど……今なら、グレンヴィルの不可解だった行動が、色々と繋《つな》がった。

学院の入学式で見せたグレンヴィルとマクレガンとの会話、事業の立ち上げと称したセイルブリッジでのセネット子爵との晩餐《ばんさん》、そして、一度目と六度目の人生で配下だったバルドの出現。

つまり……あの男のクーデターへの計画は、三年後ではなくこの時から既に始まっていたということだ。

奇《く》しくも、賊に扮《ふん》していたバルド傭兵団を壊滅させ、ドミニク＝バルドを捕縛できたことは本当に幸運というほかない。

なにせ、グレンヴィルの陰謀の一つを叩《たた》き潰すことができたのだから。

そんなことを考えていると。

「？　ヒュー、どうされました？」

「え？　……あ、あはは、すいません。つい考えごとをしてしまいました……」

「ふふ、あまり根を詰めすぎてはいけませんよ？」

苦笑する僕を見て、メルザがクスリ、と微笑《ほほえ》む。

どうやら、僕があの三人やグレンヴィルのことを考えていたのも、彼女にはお見通しのようだ。

「……できれば、ずっとメルザのことだけを考えて過ごしていたいのですが……」

「私もです……」

テーブルにのせている僕の手に、メルザがそっと白い手を重ねた。

——コン、コン。

「ヒューゴ様、メルトレーザ様、大公殿下が執務室でお呼びです」

エレンが扉を開けて部屋に入ってきて、一礼をしてそう告げた。

大公殿下が僕達を呼んだということは、三人の取り調べに進展があったんだろう。

「分かった、すぐに向かうよ。メルザ」

「はい」

僕はメルザの手を取り、部屋を出て一緒に執務室へと向かう。

「大公殿下、お呼びでしょうか？」

「うむ、すまんの。実はドミニク＝バルドの件じゃが、婿殿の言っておったとおり、あの賊共はバルド傭兵団で間違いなかったわい」

「やはり……」

大公殿下の言葉に、僕はゆっくりと頷く。

「そして、バルド傭兵団はオルレアン王国軍の一員として先の戦に参加しておった。つまり、今回の賊騒ぎはオルレアン王国と裏で繋がっておったセネット子爵と共謀し、皇国内を混乱させるために仕組んだものとの結論に至った」

「そうですか……ですが、マクレガン伯爵はどうしてセネット子爵やバルドと繋がっていたのでしょうか？　そもそも、あの男の目的は？」

「それなんじゃが、その二人とマクレガンを繋げた者がおる」

「っ⁉　それは！」

「そうじゃ。婿殿が危惧しておった、グレンヴィルじゃよ。で、マクレガンの動機じゃが……」

まず、グレンヴィルとマクレガン伯爵との接点については、元々皇立学院での先輩後輩に当たり、旧知の仲だったらしい。

それが、マクレガンが近衛騎士団長になったあたりから、突然二人の親交が途絶えた。

おそらく、その頃から今回の事件に至るまでの間は、このことを誰にも気づかれないようにするために水面下で繋がっていたのだろう。

そしてマクレガン自身は、『ウッドストックの老いぼれがいるせいで、この私が皇国最強の座を手に入れることができない』と、周囲に愚痴をこぼしていたらしい。

「……おそらく、グレンヴィルの奴にそそのかされたのじゃろう。メルを人質にしてそれを盾にして私を殺せば、皇国最強の座が手に入ると」

「……そんなくだらない理由のために……っ！」

大公殿下の説明を聞き、僕は怒りのあまり思い切り歯噛みした。

「そして、私をメルから引き離すため、セネットとバルドは賊騒ぎを起こしたのじゃろうな。さて……これが連中の動機の全てじゃ」

「はい……」

これで、全てが繋がった。

やはり、グレンヴィルのクーデターはオルレアン王国と共謀して画策したもの。

そしてクーデターに当たって最大の障害となる大公殿下を、今回の一件で排除しようとしたことも。

僕は、あの男のくだらない陰謀のために六度の人生の全てにおいて捨て駒にされていたのかと思うと、悔しくて、腹立たしくて、苦しくて、そんな様々な感情が胸の中で渦巻く。

その時。

「ヒュー！」

「あ……」

最愛の女性《ひと》が涙を零《こぼ》しながら、僕を強く抱きしめた。

「あなたには私がいます！　お祖父《じい》様がいます！　私達は絶対に、愛するあなたを捨て駒なんかにはしません！　だから……だからこれ以上、悲しまないでください……苦しまないでください……！」

メルザ……本当に、あなたという女性《ひと》は……。

「はい……そうです、僕にはあなたがいます。大公殿下がいます。大切な人達がいます。僕はもう、あの時の僕じゃない」

そうだ。

僕は、確かにつかんだんだ。

この七度目の人生で、本当の幸せを。

だから。

「メルザ」

「はい……」

「僕はあなたに、婚約者であると共に騎士の誓いを立てたいと思います……どうか、授けていただけませんでしょうか……」

「あ……」

僕がそう告げると、メルザが息を呑《の》んだ。

そう……僕は、あなたという幸せを永遠のものとするために……あなたを必ず守り抜くために、その誓いを立てたいんだ。

「大公殿下……どうか、僕の騎士の誓いを、見届けていただけませんでしょうか」

「うむ。このシリル＝オブ＝ウッドストックが、誓いの証人となろうぞ」

僕の願いに、大公殿下が力強く頷く。

「さあ、メルザ……」

「はい……」

大公殿下からいただいたサーベルをメルザに渡して跪《ひざまず》き、首《こうべ》を垂れる。

「ヒューゴ＝グレンヴィル」

「はい」

「そなたはこのメルトレーザ＝オブ＝ウッドストックの剣、そして盾となり、あらゆる危険から守ることを……ここに誓うか」

普段の彼女とは違う、その厳かな声に、僕の心が……魂が震える。

「私、ヒューゴ＝グレンヴィルは、この世の全てがあなたに背を向けようとも、ただあなたのために戦い、必ずやあなたをお守りいたします」

「そなたはここに騎士の誓いを立て、我が騎士となることを望むか」

「はい……この命尽きようとも、全身全霊であなただけに仕えることを誓います」

「よろしい……では今ここに、そなたの名誉と勇気に相応《ふさわ》しい職位を与える」

僕の背中に、鞘《さや》から抜かれたサーベルが触れる。

「私、メルトレーザ＝オブ＝ウッドストックは、ヒューゴ＝グレンヴィルを私だけの騎士とする」

その言葉を聞いた瞬間、僕は歓喜した。

今……僕は、彼女を守るたった一人の騎士となったのだと。

そして。

「ヒュー……ヒュー……！」

サーベルを鞘に納めて僕に返した瞬間、メルザは大粒の涙を零しながら僕に抱きついた。

ああ……僕の世界一大好きなメルザ。

この先、グレンヴィル達がいかなる手段でこようとも……メルザに害をなす者が現れようとも、メルザだけの騎士であるこの僕が、全てから守り抜いてみせる。

――この、かけがえのない大切な女性《ひと》を。

あとがき

この度は、「僕は七度目の人生で、怪物姫を手に入れた」をお手に取っていただき、ありがとうございます。

初めまして。小説家になろう様やカクヨム様、他作品をお読みいただいている皆様は改めまして。サンボンと申します。

実は私、WEBサイトに小説の投稿を始めて二年と少しになるんですが、主に書いている小説のジャンルはラブコメでして、異世界ファンタジーは処女作で爆死して以降、かろうじて一作しか書いておりませんでした。

加えて、男性主人公の異世界恋愛ジャンルのラノベを読むのが本当に好きなんですが、あまりそういった作品がなくて、今まで忸怩《じくじ》たる思いをしておりました。

なので「だったらこの私が書いてやる！」という訳の分からない一念発起の元、この度本作品を書いたわけなんですが、ありがたいことにファンタジア文庫様にお声がけいただき、このように出版させていただく運びとなりました。本当にありがとうございます。

とにかく、この作品には作者である私の好き（男性主人公溺愛系異世界恋愛砂糖マシマシ）を全力で詰め込みましたので、是非ともブラックコーヒー片手にお読みいただけると幸いです。

ということで、なんとか無事にページを埋めることができましたので、最後に感謝の言葉を。

編集S様、迅速な対応や丁寧なご返信、適切なアドバイス等々、本当にありがとうございます。また、本作品にお声がけいただき、お忙しい中引き続き支えていただいた編集S様（同じS様ですが別の方です）、ありがとうございました。

本当に素晴らしく美麗なイラストを描《か》いてくださいました生煮え様、本当にありがとうございます。出来上がったメルザのイラストを拝見した時、震えました。

本作の出版、発売に携わってくださいました全ての皆様、誠にありがとうございました。

創作関係でいつも支えてくださる皆様、ありがとうございます。

そして最後に、応援、お読みいただいた読者の皆様、ありがとうございました。

願わくば、またお逢《あ》いできる時を楽しみにしております。

富士見ファンタジア文庫

僕《ぼく》は七《なな》度《ど》目《め》の人生《じんせい》で、
怪物姫《かいぶつひめ》を手《て》に入《い》れた

令和４年７月20日　初版発行

著者――サンボン

発行者――青柳昌行

発　行――株式会社KADOKAWA
〒102-8177
東京都千代田区富士見2-13-3
0570-002-301（ナビダイヤル）

印刷所――株式会社暁印刷

製本所――本間製本株式会社

ISBN978-4-04-074651-7 C0193　◇◇◇

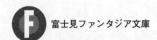

騙しあい。

各国がスパイによる戦争を繰り広げる世界。任務成功率100%、しかし性格に難ありの凄腕スパイ・クラウスは、死亡率九割を超える任務に、何故か未熟な7人の少女たちを招集するのだが——。

シリーズ
好評発売中!

ファンタジア文庫

世界最強の
“不可能任務”に挑む少女たちの
痛快スパイファンタジー！
スパイ
教室
竹町
illustration
トマリ

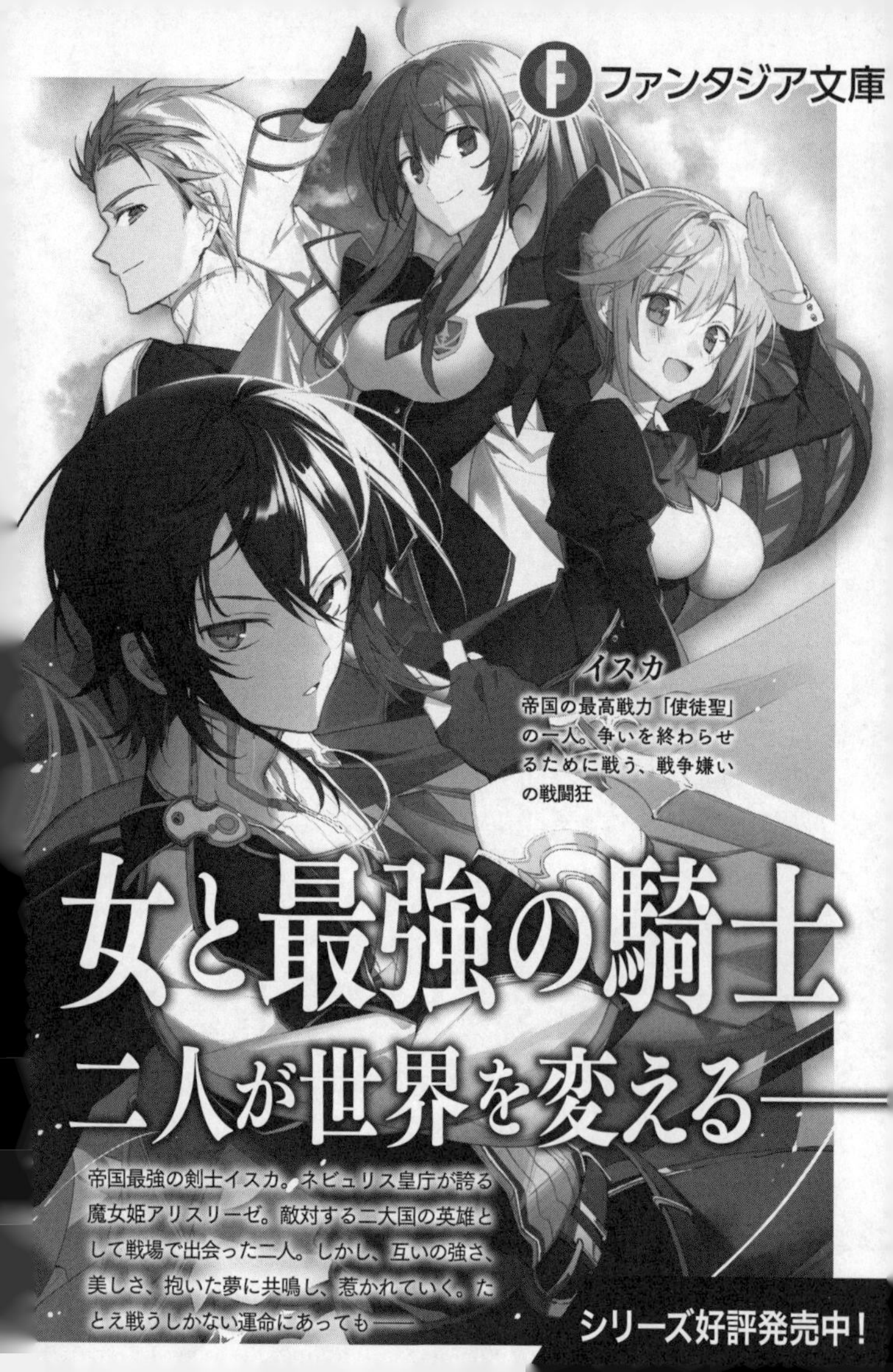

ファンタジア文庫
イスカ
帝国の最高戦力「使徒聖」の一人。争いを終わらせるために戦う、戦争嫌いの戦闘狂
女と最強の騎士
二人が世界を変える——
帝国最強の剣士イスカ。ネビュリス皇庁が誇る魔女姫アリスリーゼ。敵対する二大国の英雄として戦場で出会った二人。しかし、互いの強さ、美しさ、抱いた夢に共鳴し、惹かれていく。たとえ戦うしかない運命にあっても——
シリーズ好評発売中！

細音啓が紡ぐ新たなるヒロイックファンタジー
細音啓
イラスト
猫鍋蒼
キミと僕の最後の戦場、あるいは世界が始まる聖戦
the War ends the world / raises the world
アリスリーゼ
帝国と対立しているネビュリス皇庁の第２王女で強力な氷の星霊を使う「氷禍の魔女」
至高の魔
敵対する

切り拓け！キミだけの王道
ファンタジア大賞
原稿募集中！
賞金
《大賞》300万円
《金賞》50万円
《銀賞》30万円
選考委員
細音啓「キミと僕の最後の戦場、あるいは世界が始まる聖戦」
橘公司「デート・ア・ライブ」
羊太郎「ロクでなし魔術講師と禁忌教典《アカシックレコード》」
ファンタジア文庫編集長
前期締切 8月末日
後期締切 2月末日
公式サイトはこちら！ https://www.fantasiataisho.com/
イラスト／つなこ、猫鍋蒼、三嶋くろね